幽梦影

(清)张潮 著

图书在版编目（CIP）数据

幽梦影 /（清）张潮著. -- 北京：中国长安出版传媒有限公司, 2025. 1. -- ISBN 978-7-5107-1156-5

Ⅰ. B825

中国国家版本馆 CIP 数据核字第 2024HF3799 号

幽梦影

（清）张潮 著

出版发行	中国长安出版传媒有限公司
社 址	北京市东城区北池子大街 14 号（100006）
邮 箱	capress@163.com
责任编辑	刘英雪
策 划	黄利 万夏
营销支持	曹莉丽
特约编辑	高翔
装帧设计	紫图图书 ZITO
发行电话	（010）66529988 - 1321
印 刷	艺堂印刷（天津）有限公司
开 本	889 mm×1194 mm 32 开
印 张	8
字 数	97 千字
版 次	2025 年 1 月第 1 版
印 次	2025 年 1 月第 1 次印刷
书 号	ISBN 978-7-5107-1156-5
定 价	55.00 元

山之光,水之声,月之色,花之香,文人之韵致,美人之姿态,皆无可名状,无可执着。真足以摄召魂梦,颠倒情思!

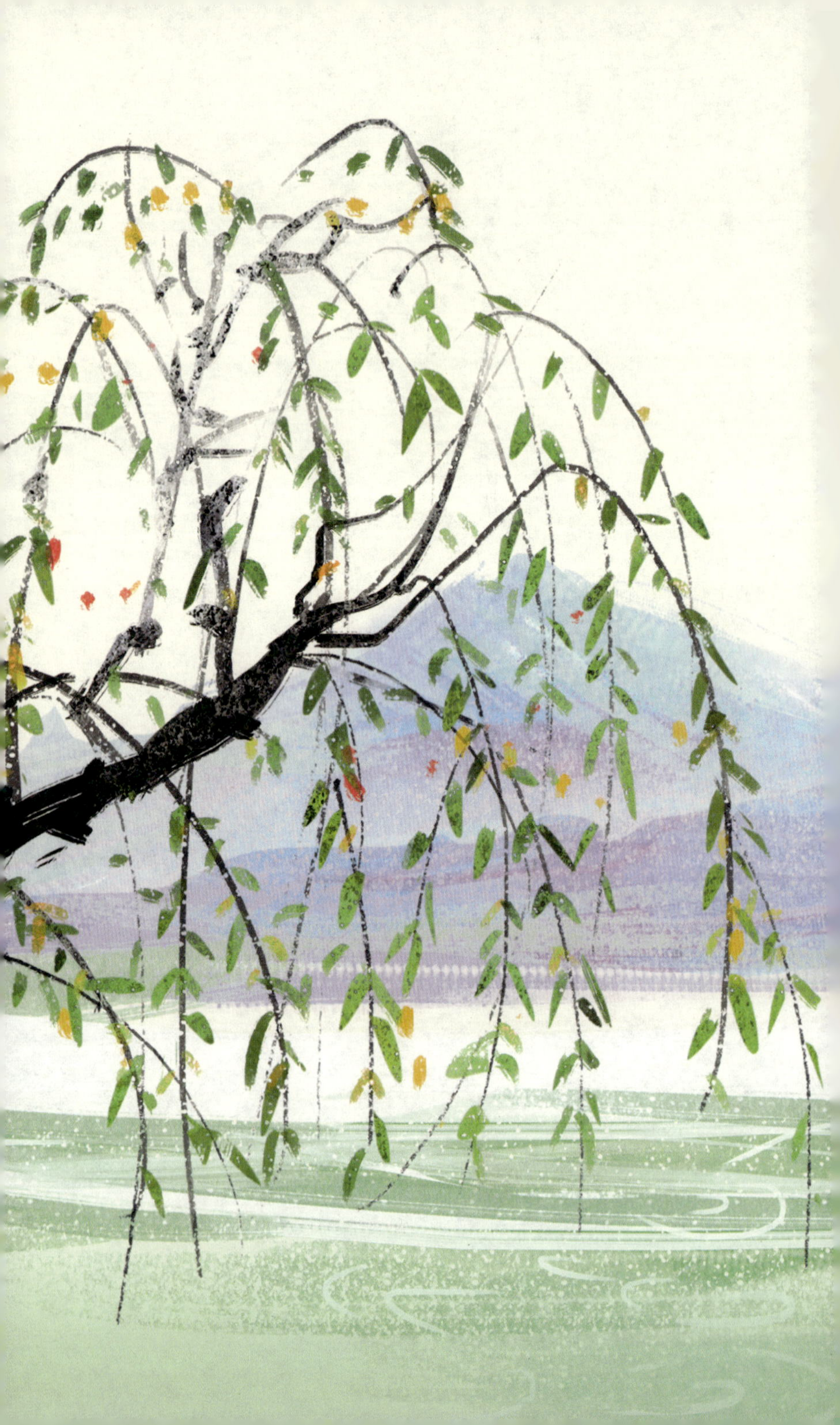

春听鸟声，夏听蝉声，秋听虫声，冬听雪声。白昼听棋声，月下听箫声。山中听松风声，水际听欸乃声。方不虚生此耳。

有地上之山水，有画上之山水，有梦中之山水，有胸中之山水。地上者妙在丘壑深邃；画上者妙在笔墨淋漓；梦中者妙在景象变幻；胸中者妙在位置自如。

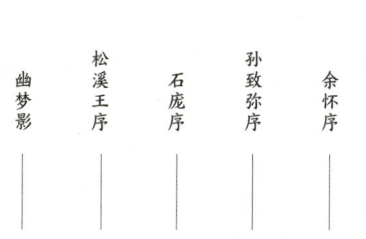

目录

余怀序 —— 一

孙致弥序 —— 二

石庞序 —— 三

松溪王序 —— 四

幽梦影 —— 一

余怀序

  余穷经读史之余,好览稗官小说,自唐以来不下数百种。不但可以备考遗志,亦可以增长意识。如游名山大川者,必探断崖绝壑;玩乔松古柏者,必采秀草幽花,使耳目一新,襟情怡宕。此非头巾褴襫、章句腐儒之所知也。故余于咏诗撰文之暇,笔录古轶事、今新闻,自少至老,杂著数十种。如《说史》《说诗》《党鉴》《盈鉴》《东山谈苑》《汗青余语》《砚林》《不妄语述》《茶史补》《四莲花斋杂录》《曼翁漫录》《禅林漫录》《读史浮白集》《古今书字辨讹》《秋雪丛谈》《金陵野钞》之类。虽未雕板问世,而友人借抄,几遍东南诸郡,直可傲子云而睨君山矣。

  天都张仲子心斋,家积缥缃,胸罗星宿,笔花缭绕,墨沈淋漓。其所著述,与余旗鼓相当,争奇斗富,如孙伯符与太史子义相遇于神亭,又如石崇、王恺击碎珊瑚时也。其《幽梦影》一书,尤多格言妙论,言人之所不能言,道人之所未经道。展味低徊,似餐帝浆沆瀣,听钧天广乐,不知此身之在下方尘世矣。至如"律己宜带秋气,处世宜带春气""婢可以当奴,奴不可以当婢""无损于世谓之善人,有害于世谓之恶人""寻乐境乃学仙,避苦境乃学佛",超超玄箸,绝胜支、许清谈。人当镂心铭腑,岂止佩韦书绅而已哉!

鬘持老人余怀广霞制

孙致弥序

心斋著书满家，皆含经咀史，自出机杼，卓然可传。是编是其一脔片羽，然三才之理、万物之情、古今人事之变，皆在是矣。顾题之以"梦"且"影"云者，吾闻海外有国焉，夜长而昼短，以昼之所为为幻，以梦之所遇为真。又闻人有恶其影而欲逃之者。然则梦也者，乃其所以为觉；影也者，乃其所以为形也耶？廋辞谵语，言无罪而闻足戒，是则心斋所为尽心焉者也。读是编也，其亦可以闻破梦之钟，而就阴以息影也夫！

江东同学弟孙致弥题

石庞序

　　张心斋先生家自黄山，才奔陆海。栴榴赋就，锦月投怀；芍药词成，繁花作馔。苏子瞻十三楼外，景物犹然；杜牧之廿四桥头，流风仍在。静能见性，洵哉人我不间，而喜嗔不形；弱仅胜衣，或者清虚日来，而滓秽日去。怜才惜玉，心是灵犀；绣腹锦胸，身同丹凤。花间选句，尽来珠玉之音；月下题词，已满珊瑚之笥。岂如兰台作赋，仅别东西；漆园著书，徒分内外而已哉！

　　然而繁文艳语，止才子余能；而卓识奇思，诚词人本色。若夫舒性情而为著述，缘阅历以作篇章，清如梵室之钟，令人猛省；响若尼山之铎，别有深思。则《幽梦影》一书，余诚不能已于手舞足蹈、心旷神怡也！其云"益人谓善，害物谓恶"，咸仿佛乎外王内圣之言。又谓"律己宜秋，处世宜春"，亦陶熔乎诚意正心之旨。他如片花寸草，均有会心；遥水近山，不遗玄想。息机物外，古人之糟粕不论；信手拈时，造化之精微入悟。湖山乘兴，尽可投囊；风月维谭，兼供挥麈。金绳觉路，宏开入梦之毫；宝筏迷津，直渡广长之舌。以风流为道学，寓教化于诙谐。为色为空，知犹有这个在；如梦如影，且应作如是观。

湖上晦村学人石庞序

松溪王序

记曰："和顺积于中，英华发于外。"凡文人之立言，皆英华之发于外者也。无不本乎中之积，而适与其人肖焉。是故其人贤者，其言雅；其人哲者，其言快；其人高者，其言爽；其人达者，其言旷；其人奇者，其言创；其人韵者，其言多情思。张子所云："对渊博友如读异书，对风雅友如读名人诗文，对谨饬友如读圣贤经传，对滑稽友如阅传奇小说。正此意也。"彼在昔立言之人，到今传者，岂徒传其言哉！传其人而已矣。今举集中之言，有快若并州之剪，有爽若哀家之梨，有雅若钧天之奏，有旷若空谷之音；创者则如新锦出机，多情则如游丝袅树。以为贤人可也，以为达人、奇人可也，以为哲人可也。譬之瀛洲之木，日中视之，一叶百形。张子以一人而兼众妙，其殆瀛木之影欤？然则阅乎此一编，不啻与张子晤对，罄彼我之怀！又奚俟梦中相寻，以致迷不知路，中道而返哉！

同学弟松溪王拜题

幽梦影

第一则

读经[1]宜冬，其神专也；
读史宜夏，其时久也；
读诸子宜秋，其致别也；
读诸集宜春，其机畅也。

❖

曹秋岳曰："可想见其南面百城时。"
庞笔奴曰："读《幽梦影》，则春夏秋冬，无时不宜。"

注释

1 经：经史子集是中国传统书籍分类的四个要目。最早由晋荀勖分为甲乙丙丁四部；唐以后，经史子集四部的名称及次序始定。经包括经籍及小学，史为史书，子为诸子，集为诗文、词赋、戏曲等。

第二则

经传[1]宜独坐读,
史鉴[2]宜与友共读。

孙恺似曰:"深得此中真趣,固难为不知者道。"
王景州曰:"如无好友,即红友亦可。"

注释

1 经传:儒家典籍经与传的统称。经,儒家的重要典籍。传,解释经文的书籍。
2 史鉴:指司马迁的《史记》与司马光的《资治通鉴》,作为中国史书的代表作,"史鉴"也常用来泛指与历史相关的书籍。

第三则

无善无恶是圣人。（如"帝力何有于我"，"杀之而不怨，利之而不庸"；"以直报怨，以德报德"；"一介不与，一介不取"之类。）

善多恶少是贤者。（如颜子"不贰过，有不善未尝不知"；子路"人告有过则喜"之类。）

善少恶多是庸人。有恶无善是小人。（其偶为善处，亦必有所为。）

有善无恶是仙佛。（其所谓善，亦非吾儒之所谓善也。）

◆

黄九烟曰："今人'一介不与'者甚多，普天之下，皆半边圣人也。'利之不庸'者，亦复不少。"

江含徵曰："先恶后善，是回头人；先善后恶，是两截人。"

殷日戒曰："貌善而心恶者，是奸人，亦当分别。"

冒青若曰："昔人云：'善可为而不可为。'唐解元诗云：'善亦懒为何况恶！'当于有无多少中更进一层。"

第四则

天下有一人知己，可以不恨。不独人也，物亦有之。如菊以渊明为知己，梅以和靖[1]为知己，竹以子猷为知己，莲以濂溪为知己，桃以避秦人[2]为知己，杏以董奉为知己，石以米颠为知己，荔枝以太真[3]为知己，茶以卢仝、陆羽为知己，香草以灵均为知己，莼鲈以季鹰为知己，蕉以怀素为知己，瓜以邵平为知己，鸡以处宗为知己，鹅以右军为知己，鼓以祢衡为知己，琵琶以明妃[4]为知己。一与之订，千秋不移。若松之于秦始、鹤之于卫懿，正所谓不可与作缘者也。

查二瞻曰："此非松鹤有求于秦始、卫懿，不幸为其所近，欲避之而不能耳。"

殷日戒曰："二君究非知松鹤者，然亦无损其为松鹤。"

周星远曰："鹤于卫懿，犹当感思。至吕政五大夫之爵，直是唐突十八公耳。"

王名友曰："松遇封，鹤乘轩，还是知己。世间尚有劚（zhǔ）松煮鹤者，此又秦卫之罪人也。"

张竹坡曰："人中无知己，而下求于物，是物幸而人不幸矣；物不遇知己，而滥用于人，是人快而物不快矣。可见知己之难。知其难，方能知其乐。"

注释

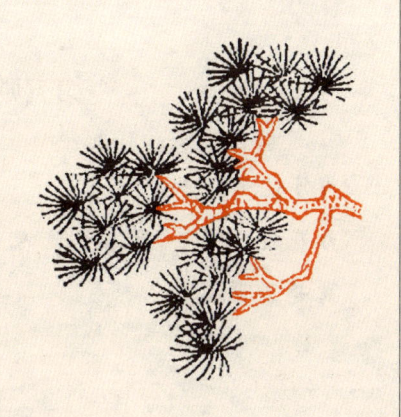

1 和靖：指林逋（967—1028），字君复，北宋钱塘（今浙江杭州）人。性格恬淡，擅长行书，喜作诗文。他隐居西湖孤山，终身不仕、不娶，以种梅养鹤为乐，世称"梅妻鹤子"。

2 避秦人：指因战乱或压迫选择隐居的人。语出晋陶渊明《桃花源记》："先世避秦时乱，率妻子邑人，来此绝境，不复出焉。"

3 太真：指杨玉环（719—756），唐代蒲州永乐（今山西芮城西南）人。曾为女道士，号"太真"。她喜食荔枝，杜牧《过华清宫绝句》中有："一骑红尘妃子笑，无人知是荔枝来。"

4 明妃：指王嫱，字昭君。晋时为避司马昭讳，改称"明妃"或"王明君"。元帝时被选入宫，后远嫁匈奴呼韩邪单于，促成汉匈长达半个世纪的和平与友好。

第五则

为月忧云,为书忧蠹[1],
为花忧风雨,为才子佳人忧命薄,
真是菩萨心肠。

※

余淡心曰:"洵如君言,亦安有乐时耶?"
孙松坪曰:"所谓'君子有终身之忧'者耶?"
黄交三曰:"'为才子佳人忧命薄'一语,真令人泪湿青衫。"
张竹坡曰:"第四忧,恐命薄者消受不起。"
江含徵曰:"我读此书时,不免为蟹忧雾。"
竹坡又曰:"江子此言,直是为自己忧蟹耳。"
尤悔庵曰:"杞人忧天,嫠妇忧国,无乃类是。"

注释

1 蠹:蛀虫。

第六则

花不可以无蝶,山不可以无泉,
石不可以无苔,水不可以无藻,
乔木不可以无藤萝,人不可以无癖。

❁

黄石间曰:"'事到可传皆具癖',正谓此耳。"
孙松坪曰:"和长舆却未许藉口。"

第七则

春听鸟声,夏听蝉声,秋听虫声,冬听雪声。
白昼听棋声,月下听箫声,
山中听松声,水际听欸乃[1]声,
方不虚生此耳。若恶少斥辱,悍妻诟谇[2],真不若耳聋也。

黄仙裳曰:"此诸种声颇易得,在人能领略耳。"
朱菊山曰:"山老所居,乃城市山林,故其言如此。若我辈日在广陵城市中,求一鸟声,不啻如凤凰之鸣,顾可易言耶?"
释中洲曰:"昔文殊选二十五位圆通,以普门耳根为第一。今心斋居士耳根不减普门。吾他日选圆通,自当以心斋为第一矣。"
张竹坡曰:"久客者,欲听儿辈读书声,了不可得。"
张迂庵曰:"可见对恶少、悍妻,尚不若日与禽虫周旋也。"又曰:"读此方知先生耳聋之妙。"

※ 注释

1　欸乃：摇橹的声音。亦指划船时所唱的歌。

2　诟谇：责骂。

第八则

上元[1]须酌豪友,端午须酌丽友,七夕须酌韵友,中秋须酌淡友,重九[2]须酌逸友。

朱菊山曰:"我于诸友中,当何所属耶?"
王武徵曰:"君当在豪与韵之间耳。"
王名友曰:"维扬丽友多,豪友少,韵友更少。至于谈友、逸友,则削迹矣。"
张竹坡曰:"诸友易得,发心酌之者为难能耳。"
顾天石曰:"除夕须酌不得意之友。"
徐砚谷曰:"惟我则无时不可酌耳。"
尤谨庸曰:"上元酌灯,端午酌彩丝,七夕酌双星,中秋酌月,重九酌菊,则吾友俱备矣。"

注释

1 上元:即元宵节,因于每年第一个月圆之夜,即农历正月十五晚上举行庆祝活动而得名。
2 重九:农历九月初九,即重阳节。

第九则

鳞虫[1]中金鱼，羽虫中紫燕，可云物类神仙。正如东方曼倩[2]避世金马门，人不得而害之。

❖

江含徵曰：金鱼之所以免汤镬者，以其色胜而味苦耳。昔人有以重价觅奇特者，以馈邑侯，邑侯他日谓之曰："贤所赠花鱼殊无味。"盖已烹之矣。世岂少削圆方竹杖者哉？

注释

1 鳞虫：身体表面覆有鳞片的动物。包括鱼类、爬虫类等。
2 东方曼倩：即东方朔（前154—前93），字曼倩，西汉文学家，善于以机智幽默的语言论述国政，深得汉武帝的赏识。

第一〇则

入世须学东方曼倩，出世须学佛印了元[1]。

❖

江含徵曰："武帝高明喜杀，而曼倩能免于死者，亦全赖吃了长生酒耳。"

殷日戒曰："曼倩诗有云：'依隐玩世，诡时不逢。'此其所以免死也。"

石天外曰："入得世，然后出得世。入世、出世打成一片，方有得心应手处。"

注释

1 佛印了元：宋代金山寺著名高僧，名了元，号佛印。与苏轼、黄庭坚等人交情深厚，擅长诗文。哲宗元符元年圆寂。

第十一则

赏花宜对佳人,醉月宜对韵人,
映雪宜对高人。

❉

余淡心曰:"花即佳人,月即韵人,雪即高人。既已赏花醉月映雪,即与对佳人、韵人、高人无异也。"
江含徵曰:"若对此君仍大嚼,世间那有扬州鹤?"
张竹坡曰:"聚花、月、雪于一时,合佳、韵、高为一人,吾当不赏而心醉矣。"

第十二则

对渊博友,如读异书[1];
对风雅友,如读名人诗文;
对谨饬[2]友,如读圣贤经传;
对滑稽友,如闻传奇小说。

李圣许曰:"读这几种书,亦如对这几种友。"
张竹坡曰:"善于读书取友之言。"

注释

1 异书:珍贵或世所少见的书籍。
2 谨饬:严谨修饬。指言行检点而有节制。

第十三则

楷书须如文人,草书须如名将,行书介乎二者之间,如羊叔子[1]缓带轻裘,正是佳处。

程䲭老曰:"心斋不工书法,乃解作此语耶?"
张竹坡曰:"所以羲之必做右将军。"

注释

1 羊叔子:即羊祜(221—278),字叔子,晋代南城(今山东平邑南)人。晋武帝时镇守襄阳,宽厚仁爱,深得江汉人民的拥戴。后因病去世,南州百姓为其停市哀悼,立碑于岘山。

第十四则

人须求可入诗,物须求可入画。

龚半千曰:"物之不可入画者,猪也,阿堵物也,恶少年也。"
张竹坡曰:"诗亦求可见得人,画亦求可像个物。"
石天外曰:"人须求可入画,物须求可入诗,亦妙。"

第十五则

少年人须有老成之识见，老成人须有少年之襟怀。

江含徵曰："今之钟鸣漏尽、白发盈头者，若多收几斛麦，便欲置侧室，岂非有少年襟怀耶？独是少年老成者少耳。"

张竹坡曰："十七八岁便有妾，亦居然少年老成。"

李若金曰："老而腐板，定非豪杰。"

王司直曰："如此方不使岁月弄人。"

第十六则

春者天之本怀,秋者天之别调。

✿

石天外曰:"此是透彻性命关头语。"

袁中江曰:"得春气者,人之本怀;得秋气者,人之别调。"

尤悔庵曰:"夏者天之客气,冬者天之素风。"

陆云士曰:"和神当春,清节为秋,天在人中矣。"

第十七则

昔人云：若无花月美人，不愿生此世界。
予益一语云：若无翰墨棋酒，不必定作人身。

◆

殷日戒曰："枉为人身生在世界者，急宜猛省。"
顾天石曰："海外诸国，决无翰墨棋酒。即有，亦不与吾同，一般有人，何也？"
胡会来曰："若无豪杰文人，亦不须要此世界。"

第十八则

愿在木而为樗（不才终其天年），愿在草而为蓍[1]（前知），愿在鸟而为鸥（忘机），愿在兽而为廌[2]（触邪），愿在虫而为蝶（花间栩栩），愿在鱼而为鲲（逍遥游）。

❖

吴菌次曰："较之《闲情》一赋，所愿更自不同。"
郑破水曰："我愿生生世世为顽石。"
尤悔庵曰："第一大愿。"又曰："愿在人而为梦"。
尤慧珠曰："我亦有大愿，愿在梦而为影。"
弟木山曰："前四愿皆是相反。盖'前知'则必多'才'，'忘机'则不能'触邪'也。"

※
注
释

1 蓍：植物名，"锯齿草"的古称，古时取其茎以为占卜之用。
2 廌：传说中的神兽，独角，能辨是非曲直，古代司法正义的象征。

第十九则

黄九烟先生云:古今人必有其偶,
只千古而无偶者,其惟盘古乎!
予谓盘古亦未尝无偶,但我辈不及见耳。
其人为谁?即此劫尽时最后一人是也。

❈

孙松坪曰:"如此眼光,何啻出牛背上耶?"
洪秋士曰:"偶亦不必定是两人,有三人为偶者,有四人为偶者,有五六七八人为偶者。是又不可不知。"

第二〇则

古人以冬为三余。

予谓当以夏为三余：晨起者，夜之余；夜坐者，昼之余；午睡者，应酬人事之余。

古人诗云："我爱夏日长。"洵[1]不诬[2]也。

张竹坡曰："眼前问冬夏皆有余者，能几人乎？"

张迂庵曰："此当是先生辛未年以前语。"

注释

1 洵：真实、确实。

2 诬：欺骗、蒙骗。

二五

二六

第二一则

庄周梦为蝴蝶,庄周之幸也;
蝴蝶梦为庄周,蝴蝶之不幸也。

❖

黄九烟曰:"惟庄周乃能梦为蝴蝶,惟蝴蝶乃能梦为庄周耳。若世之扰扰红尘者,其能有此等梦乎?"
孙恺似曰:"君于梦之中,又占其梦耶?"
江含徵曰:"周之喜梦为蝴蝶者,以其入花深也。若梦甫酣而乍醒,则又如嗜酒者梦赴席,而为妻惊醒,不得不痛加诟谇矣。"
张竹坡曰:"我何不幸而为蝴蝶之梦者!"

第二二则

艺[1]花可以邀蝶,累石可以邀云,栽松可以邀风,贮水可以邀萍,筑台可以邀月,种蕉可以邀雨,植柳可以邀蝉。

曹秋岳曰:"藏书可以邀友。"
崔莲峰曰:"酿酒可以邀我。"
尤艮斋曰:"安得此贤主人?"
尤慧珠曰:"贤主人非心斋而谁乎?"
倪永清曰:"选诗可以邀谤。"
陆云士曰:"积德可以邀天,力耕可以邀地,乃无意相邀而若邀之者,与邀名邀利者迥异。"
庞天池曰:"不仁可以邀富。"

注释

1 艺:种植。

第二三则

景有言之极幽而实萧索者,烟雨也;
境有言之极雅而实难堪者,贫病也;
声有言之极韵而实粗鄙者,卖花声也。

谢海翁曰:"物有言之极俗而实可爱者,阿堵物也。"
张竹坡曰:"我幸得极雅之境。"

第二四则

才子而富贵,定从福慧双修得来。

❖

冒青若曰:"才子富贵难兼,若能运用富贵,才是才子,才是福慧双修。世岂无才子而富贵者乎?徒自贪着,无济于人,仍是有福无慧。"

陈鹤山曰:"释氏云:'修福不修慧,象身挂璎珞;修慧不修福,罗汉供应薄。'正以其难兼耳。山翁发为此论,直是夫子自道。"

江含徵曰:"宁可拼一副菜园肚皮,不可有一副酒肉面孔。"

第二五则

新月恨其易沉,缺月恨其迟上。

❋

孔东塘曰:"我唯以月之迟早为睡之迟早耳。"
孙松坪曰:"第勿使浮云点缀尘滓太清,足矣。"
冒青若曰:"天道忌盈。沉与迟,请君勿恨。"
张竹坡曰:"易沉迟上,可以卜君子之进退。"

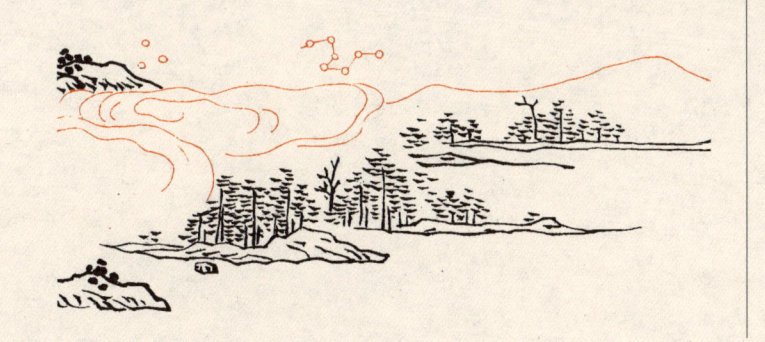

第二六则

躬耕吾所不能,学灌园而已矣;
樵薪吾所不能,学薙[1]草而已矣。

汪扶晨曰:"不为老农而为老圃,可云半个樊迟。"
释菌人曰:"以灌园、薙草自任自待,可谓不薄。然笔端隐隐有'非其种者锄而去之'之意。"
王司直曰:"予自名为识字农夫,得无妄甚?"

注释

1 薙:除草。

第二七则

一恨书囊易蛀,二恨夏夜有蚊,
三恨月台易漏,四恨菊叶多焦,
五恨松多大蚁,六恨竹多落叶,
七恨桂荷易谢,八恨薜萝[1]藏虺[2],
九恨架花生刺,十恨河豚多毒。

江菡庵曰:"黄山松并无大蚁,可以不恨。"
张竹坡曰:"安得诸恨物尽有黄山乎?"
石天外曰:"予另有二恨:一曰'才人无行',二曰'佳人薄命'。"

注释

1 薜萝:薜荔和女萝。两者皆野生植物,常攀缘于山野林木或屋壁之上。
2 虺:一种毒蛇。

第二八则

楼上看山,城头看雪,灯前看月,舟中看霞,月下看美人,另是一番情境。

❖

江允凝曰:"黄山看云,更佳。"
倪永清曰:"做官时看进士,分金处看文人。"
毕右万曰:"予每于雨后看柳,觉尘襟俱涤。"
尤谨庸曰:"山上看雪,雪中看花,花中看美人,亦可。"

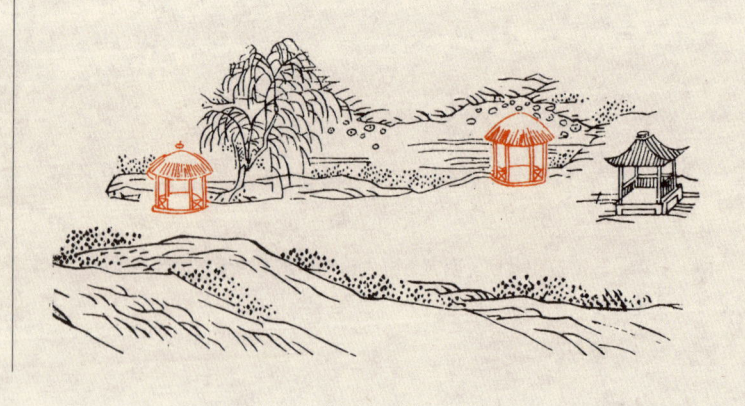

第二九则

山之光,水之声,月之色,花之香,
文人之韵致,美人之姿态,
皆无可名状,无可执著。
真足以摄召魂梦,颠倒情思!

❈

吴街南曰:"以极有韵致之文人,与极有姿态之美人,共坐于山、水、花、月间,不知此时魂梦何如?情思何如?"

第三〇则

假使梦能自主，虽千里无难命驾，可不羡长房[1]之缩地；死者可以晤对，可不需少君之招魂；五岳可以卧游，可不俟[2]婚嫁之尽毕。

黄九烟曰："予尝谓'鬼有时胜人'，正以其能自主耳。"
江含徵曰："吾恐'上穷碧落下黄泉，两地茫茫皆不见'也。"
张竹坡曰："梦魂能自主，则可一生死，通人鬼。真见道之言矣。"

注释

1 长房：即费长房，东汉方士，汝南（今河南平舆北）人。早年曾担任市掾，后来跟随壶公入山学仙，掌握了医术、驱鬼之法以及缩地术等神通。
2 俟：等到。

第三一则

昭君以和亲而显,刘蕡[1]以下第而传,可谓之不幸,不可谓之缺陷。

❋

江含徵曰:"若故折黄雀腿而后医之,亦不可。"
尤悔庵曰:"不然,一老宫人,一低进士耳。"

※ 注释

1 刘蕡:唐代进士,字去华,幽州昌平人,生卒年不详。太和元年,参加"贤良方正"科举考试时,他直言不讳,主张铲除宦官,考官称赞其策论,但未敢授官。后令狐楚、牛僧孺等镇守地方时,召其为幕僚,任秘书郎。最终遭宦官陷害,被贬为柳州司户参军,客死他乡。

第三二则

以爱花之心爱美人,则领略自饶别趣;
以爱美人之心爱花,则护惜倍有深情。

❖

冒辟疆曰:"能如此,方是真领略、真护惜也。"
张竹坡曰:"花与美人何幸,遇此东君!"

第三三则

美人之胜于花者,解语也;
花之胜于美人者,生香也。
二者不可得兼,舍生香而取解语者也。

✺

王勿翦曰:"飞燕吹气若兰,合德体自生香,薛瑶英肌肉皆香,则美人又何尝不生香也。"

第三四则

窗内人于窗纸上作字,吾于窗外观之,极佳。

◆

江含徵曰:"若索债人于窗外纸上画,吾且望之却走矣。"

第三五则

少年读书,如隙中窥月;中年读书,如庭中望月;老年读书,如台上玩月。皆以阅历之浅深,为所得之浅深耳。

黄交三曰:"真能知读书痛痒者也。"
张竹坡曰:"吾叔此论,直置身广寒宫里,下视大千世界,皆清光似水矣。"
毕右万曰:"吾以为学道亦有浅深之别。"

第三六则

吾欲致书雨师:春雨宜始于上元节后(观灯已毕),至清明十日前之内(雨止桃开)及谷雨节中;夏雨宜于每月上弦之前及下弦之后(免碍于月);秋雨宜于孟秋、季秋之上下二旬(八月为玩月胜境);至若三冬[1],正可不必雨也。

❋

孔东塘曰:"君若果有此牍,吾愿作致书邮也。"
余生生曰:"使天而雨粟,虽自元旦雨至除夕,亦未为不可。"
张竹坡曰:"此书独不可致于巫山雨师。"

注释

1 三冬:冬季的三个月。指孟冬(阴历十月)、仲冬(阴历十一月)、季冬(阴历十二月)。

第三七则

为浊富,不若为清贫;以忧生,不若以乐死。

❂

李圣许曰:"顺理而生,虽忧不忧;逆理而死,虽乐不乐。"

吴野人曰:"我宁愿为浊富。"

张竹坡曰:"我愿太奢,欲为清富,焉能遂愿!"

第三八则

天下唯鬼最富,生前囊无一文,死后每饶¹楮镪²;
天下唯鬼最尊,生前或受欺凌,死后必多跪拜。

吴野人曰:"世于贫士,辄目为'穷鬼',则又何也?"
陈康畴曰:"穷鬼若死,即并称尊矣。"

注释

1 饶:丰厚、富足。
2 楮镪:祭祀时所焚烧的纸钱。镪,钱币。

第三九则

蝶为才子之化身,花乃美人之别号。

❖

张竹坡曰:"蝶入花房香满衣,是反以金屋贮才子矣。"

第四〇则

因雪想高士,因花想美人,
因酒想侠客,因月想好友,
因山水想得意诗文。

❁

弟木山曰:"余每见人一长一技,即思效之;虽至琐屑,亦不厌也。大约是爱博而情不专。"
张竹坡曰:"多情语,令人泣下。"
尤谨庸曰:"因得意诗文想心斋矣。"
李季子曰:"此善于设想者。"
陆云士曰:"临川谓:'想内成,因中见。'与此相发。"

第四一则

闻鹅声如在白门[1]，闻橹声如在三吴[2]，闻滩声如在浙江，闻羸[3]马项下铃铎声，如在长安道上。

✽

聂晋人曰："南无观世音菩萨摩诃萨！"
倪永清曰："众音寂灭时，又作么生话会？"

注释

1 白门：南京的别称。其正南门为宣阳门，俗称白门，故以此代称。
2 三吴：指吴郡、吴兴、会稽，泛指长江下游一带。
3 羸：瘦弱。

第四二则

一岁诸节,以上元为第一,中秋次之,五日[1]、九日[2]又次之。

张竹坡曰:"一岁当以我畅意日为佳节。"

顾天石曰:"跻上元于中秋之上,未免尚耽绮习。"

注释

1 五日:农历五月初五,即端午节。
2 九日:农历九月初九,即重阳节。

第四三则

雨之为物,能令昼短,能令夜长。

⊕

张竹坡曰:"雨之为物,能令天闭眼,能令地生毛,能为水国广封疆。"

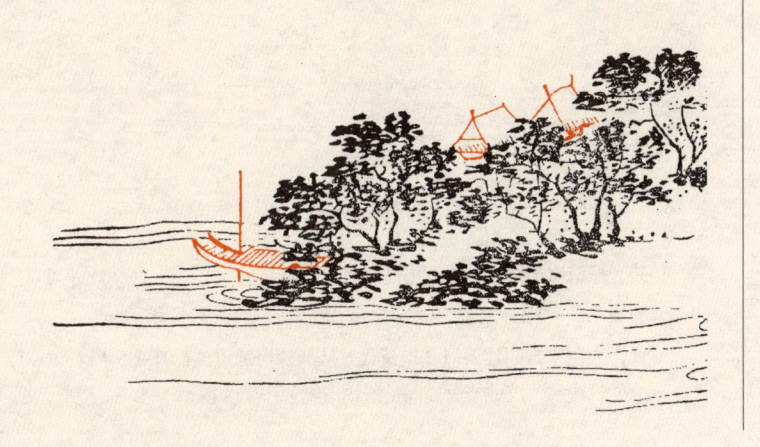

第四四则

古之不传于今者，啸[1]也，剑术也，弹棋[2]也，打毬也。

❖

黄九烟曰："古之绝胜于今者，官妓、女道士也。"
张竹坡曰："今之绝胜于古者，能吏也，猾棍也，无耻也。"
庞天池曰："今之必不能传于后者，八股也。"

※ 注释

1 啸：撮口吹出声音，或发出高昂悠长的声响。
2 弹棋：古代棋类游戏，起源于汉代。据传，汉武帝因蹴鞠劳累，大臣东方朔建议以弹棋替代，从而使得弹棋流行开来；另一种说法是，汉成帝时刘向仿蹴鞠形制创作了弹棋。

第四五则

诗僧时复有之,若道士之能诗者,不啻空谷足音[1],何也?

🔸

毕右万曰:"僧道能诗,亦非难事;但惜僧道不知禅玄耳。"
顾天石曰:"道于三教中原属第三,应是根器最钝人做,那得会诗?轩辕弥明,昌黎寓言耳。"
尤谨庸曰:"僧家势利第一,能诗次之。"
倪永清曰:"我所恨者,辟谷之法不传。"

注释

1 空谷足音:比喻难得的人物或言论。

第四六则

当为花中之萱草,母为鸟中之杜鹃。

※

袁翔甫补评曰:"萱草忘忧,杜鹃啼血。悲欢哀乐,何去何从?"

第四七则

物之稚者皆不可厌,惟驴独否。

※

黄略似曰:"物之老者皆可厌,惟松与梅则否。"

倪永清曰:"惟癖于驴者,则不厌之。"

第四八则

女子自十四五岁至二十四五岁,此十年中,无论燕秦吴越,其音大都娇媚动人。一睹其貌,则美恶判然[1]矣。"耳闻不如目见"[2],于此益信。

❉

吴听翁曰:"我向以耳根之有余,补目力之不足。今读此,乃知卿言亦复佳也。"

江含徵曰:"帘为妓衣,亦殊有见。"

张竹坡曰:"家有少年丑婢者,当令隔屏私语、灭烛侍寝。何如?"

倪永清曰:"若逢美貌而声恶者,又当如何?"

※注释

1 判然:截然不同。
2 耳闻不如目见:指听人传闻,不如亲眼一见来得确实。

第四九则

寻乐境，乃学仙；避苦趣，乃学佛。
佛家所谓"极乐世界"者，
盖谓众苦之所不到也。

❀

江含徵曰："着败絮行荆棘中，固是苦事；彼披忍辱铠者，亦未得优游自到也。"
陆云士曰："空诸所有，受即是空，其为苦乐，不足言矣。故学佛优于学仙。"

第五〇则

富贵而劳悴,不若安闲之贫贱;
贫贱而骄傲,不若谦恭之富贵。

曹实庵曰:"富贵而又安闲,自能谦恭也。"
许师六曰:"富贵而又谦恭,乃能安闲耳。"
张竹坡曰:"谦恭安闲,乃能长富贵也。"
张迂庵曰:"安闲乃能骄傲,劳悴则必谦恭。"

第五一则

目不能自见,鼻不能自嗅,
舌不能自舐,手不能自握,
惟耳能自闻其声。

❖

弟木山曰:"岂不闻'心不在焉,听而不闻'乎?兄其谁我哉。"

张竹坡曰:"心能自信。"

释师昂曰:"古德云:'眉与目不相识,只为太近。'"

第五二则

凡声皆宜远听,惟听琴则远近皆宜。

※

王名友曰:"松涛声、瀑布声、箫笛声、潮声、读书声、钟声、梵声,皆宜远听;惟琴声、度曲声、雪声,非至近,不能得其离合抑扬之妙。"

庞天池曰:"凡色皆宜近看,惟山色远近皆宜。"

第五三则

目不能识字,其闷尤过于盲;
手不能执管,其苦更甚于哑。

陈鹤山曰:"君独未知今之不识字、不握管者,其乐尤过于不盲不哑者也。"

第五四则

并头联句[1],交颈[2]论文,
宫中应制,历使属国,皆极人间乐事。

❖

狄立人曰:"既已并头交颈,即欲联句论文,恐亦有所不暇。"
汪舟次曰:"历使属国,殊不易易。"
孙松坪曰:"邯郸旧梦,对此惘然。"
张竹坡曰:"并头交颈,乐事也;联句论文,亦乐事也。是以两乐并为一乐者,则当以两夜并一夜方妙。然其乐一刻,胜于一日矣。"
沈契掌曰:"恐天亦见妒。"

※
注释

1 联句:旧时作诗方式之一,亦称"连句"。由两人或多人共同创作,相联成篇。"柏梁台诗"被认为是最早的联句诗。
2 交颈:脖子相交。比喻夫妻间恩爱深情。

第五五则

《水浒传》武松诘[1]蒋门神云:"为何不姓李?"此语殊妙,盖姓实有佳有劣。如华、如柳、如云、如苏、如乔,皆极风韵;若夫毛也、赖也、焦也、牛也,则皆坌于目而棘于耳也。

先渭求曰:"然则君为何不姓李耶?"
张竹坡曰:"止闻今张昔李,不闻今李昔张也。"

注释

1 诘:询问、责问。

第五六则

花之宜于目而复宜于鼻者,梅也、菊也、兰也、水仙也、珠兰也、莲也。止宜于鼻者,樖[1]也、桂也、瑞香也、栀子也、茉莉也、木香也、玫瑰也、腊梅也。余则皆宜于目者也。花与叶俱可观者,秋海棠为最,荷次之,海棠、酴醿[2]、虞美人、水仙又次之。叶胜于花者,止雁来红[3]、美人蕉而已。花与叶俱不足观者,紫薇也、辛夷也。

周星远曰:"山老可当花阵一面。"
张竹坡曰:"以一叶而能胜诸花者,此君也。"

※ 注释

1 橼：植物名。芸香科柑橘属，枸橼、香橼之古称。
2 酴醾：蔷薇科悬钩子属，茶蘼的别名。暮春至夏初开黄白色重瓣花。
3 雁来红：植物名。叶菱状卵形，上有斑点，甚美观。夏秋之间开淡绿色或淡红色细花，花成簇腋生，下部花序球形，上部花序呈断续穗状。

第五七则

高语山林者,辄[1]不善谈市朝[2]事,审[3]若此,则当并废《史》《汉》诸书而不读矣。盖诸书所载者,皆古之市朝也。

张竹坡曰:"高语者,必是虚声处士;真入山者,方能经纶市朝。"

注释

1 辄:每、总是。
2 市朝:指市场和朝廷,即民间贸易的场所和政府办事的地方,也可以指代众人聚集的场所,即公共场合。
3 审:果真、确实。

第五八则

云之为物，或崔嵬[1]如山，或潋滟[2]如水，或如人，或如兽，或如鸟毳[3]，或如鱼鳞。故天下万物皆可画，惟云不能画。世所画云，亦强名耳。

❖

何蔚宗曰："天下百官皆可做，惟教官不可做，做教官者，皆谪戍耳。"

张竹坡曰："云有反面正面，有阴阳向背，有层次内外。细观其与日相映，则知其明处乃一面，暗处又一面。尝谓古今无一画云手，不谓《幽梦影》中先得我心。"

注释

1 崔嵬：高峻、高大的样子。
2 潋滟：波光映照。
3 毳（cuì）：鸟类的细毛。

第五九则

值太平世,生湖山郡;官长廉静,家道优裕;娶妇贤淑,生子聪慧。人生如此,可云全福。

❈

许篠林曰:"若以粗笨愚蠢之人当之,则负却造物。"
江含徵曰:"此是黑面老子要思量做鬼处。"
吴岱观曰:"过屠门而大嚼,虽不得肉,亦且快意。"
李荔园曰:"贤淑聪慧,尤贵永年,否则福不全。"

第六〇则

天下器玩之类,其制日^{1}工^2,其价日贱,毋^{3}惑乎民之贫也。

✣

张竹坡曰:"由于民贫,故益工而益贱。若不贫,如何肯贱?"

注释

1 日:一天一天地。
2 工:精致、巧妙。
3 毋:不要,莫。表示禁止或劝诫的意思。

第六一则

养花胆瓶[1]，其式之高低大小，须与花相称；而色之浅深浓淡，又须与花相反。

❀

程穆倩曰："足补袁中郎《瓶史》所未逮。"

张竹坡曰："夫如此，有不甘去南枝而生香于几案之右者乎？名花心足矣。"

王宓草曰："须知相反者，正欲其相称也。"

注释

1 胆瓶：颈部细长，腹部圆满，因器型如悬胆而得名。胆瓶由于造型典雅优美，深受人们喜爱。

第六二则

春雨如恩诏,夏雨如赦书,秋雨如挽歌。

❀

张谐石曰:"我辈居恒苦饥,但愿夏雨如馒头耳。"
张竹坡曰:"赦书太多,亦不甚妙。"

第六三则

十岁为神童,二十三十为才子,四十五十为名臣,六十为神仙,可谓全人矣。

◆

江含徵曰:"此却不可知,盖神童原有仙骨故也,只恐中间做名臣时,堕落名利场中耳。"
杨圣藻曰:"人孰不想?难得有此全福。"
张竹坡曰:"神童才子,由于己,可能也;名臣由于君,仙由于天,不可必也。"
顾天石曰:"六十神仙,似乎太早。"

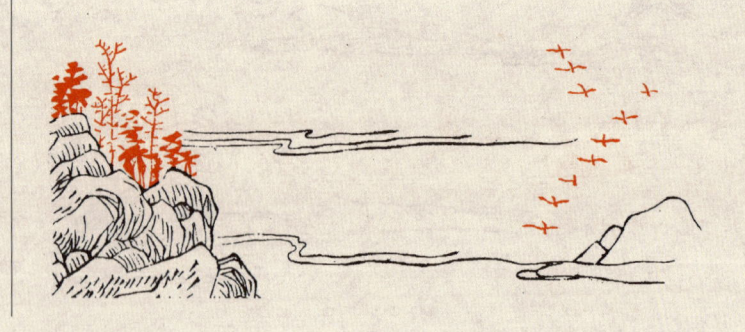

第六四则

武人不苟¹战,是为武中之文;
文人不迂腐,是为文中之武。

❖

梅定九曰:"近日文人不迂腐者颇多,心斋亦其一也。"
顾天石曰:"然则心斋直谓之武夫可乎?笑笑。"
王司直曰:"是真文人,必不迂腐。"

※ 注释

1 苟:随便、草率。

第六五则

文人讲武事,大都纸上谈兵;
武将论文章,半属道听途说。

吴街南曰:"今之武将讲武事,亦属纸上谈兵。今之文人论文章,大都道听途说。"

第六六则

斗方[1]止三种可存：佳诗文一也，新题目二也，精款式三也。

闵宾连曰："近年斗方名士[2]甚多，不知能入吾心斋彀中否也？"

※
注释

1 斗方：书画所用的册页，或一二尺见方的字、画作品。
2 斗方名士：形容那些冒充风雅、喜欢在斗方上写诗或作画以标榜自己的人。

第六七则

情必近于痴而始真,才必兼乎趣而始化。

陆云士曰:"真情种,真才子,能为此言。"
顾天石曰:"才兼乎趣,非心斋不足当之。"
尤慧珠曰:"余情而痴则有之,才而趣则未能也。"

第六八则

凡花色之娇媚者，多不甚香；瓣之千层者，多不结实。甚矣，全才之难也！兼之者，其惟莲乎？

❈

殷日戒曰："花叶根实，无所不空，亦无不适于用，莲则全有其德者也。"
贯玉曰："莲花易谢，所谓有全才而无全福也。"
王丹麓曰："我欲荔枝有好花，牡丹有佳实，方妙。"
尤谨庸曰："全才必为人所忌，莲花故名君子。"

第六九则

著得一部新书,便是千秋大业;
注得一部古书,允为万世宏功。

◆

黄交三曰:"世间难事,注书第一。大要于极寻常书,要看出作者苦心。"

张竹坡曰:"注书无难,天使人得安居无累,有可以注书之时与地为难耳。"

第七〇则

延[1]名师训子弟,入名山习举业[2];丐[3]名士代捉刀[4]。三者都无是处。

❈

陈康畤曰:"大抵名而已矣,好歹原未必着意。"
殷日戒曰:"况今之所谓名乎!"

注释

1 延:招揽、邀请。

2 举业:科举时代的应试文字。

3 丐:乞求。

4 捉刀:三国时期,曹操曾让崔琰代为接见匈奴使者,自己则持刀侍立一旁以示威严。后引申为代人做事,尤指代写文章。

第七一则

积画以成字，积字以成句，积句以成篇，谓之文。文体日增，至八股而遂止。如古文，如诗，如赋，如词，如曲，如说部[1]，如传奇小说，皆自无而有。方其未有之时，固不料后来之有此一体也；逮既有此一体之后，又若天造地设，为世必应有之物。然自明以来，未见有创一体裁新人耳目者。遥计百年之后，必有其人，惜乎不及见耳。

陈康畴曰："天下事从意起，山来今日既作此想，安知其来生不即为此辈翻新之士乎？惜乎今人不及知耳。"
陈鹤山曰："此是先生应以创体身得度者，即现创体身而为设法。"

孙恺似曰："读《心斋别集》，拈四子书题，以五七言韵体行之，无不入妙，叹其独绝。此则直可当先生自序也。"

张竹坡曰："见及于此，是必能创之者。吾拭目以待新裁。"

※ 注释

1 说部：旧指小说、戏曲以及民间说唱文学等著作。

第七二则

云映日而成霞,泉挂岩而成瀑,
所托者异,而名亦因之。
此友道之所以可贵也。

◈

张竹坡曰:"非日而云不映,非岩而泉不挂。此友道之所以当择也。"

第七三则

大家之文,吾爱之慕之,吾愿学之;
名家之文,吾爱之慕之,吾不敢学之。
学大家而不得,所谓刻鹄不成尚类鹜也;学名家而不得,则是画虎不成,反类狗矣。

❋

黄旧樵曰:"我则异于是,最恶世之貌为大家者。"
殷日戒曰:"彼不曾闯其藩篱,乌能窥其闳奥?只说得隔壁话耳。"
张竹坡曰:"今人读得一两句名家,便自称大家矣。"

第七四则

由戒得定，由定得慧，勉强渐近自然；
炼精化气，炼气化神，清虚有何渣滓？

❁

袁中江曰："此二氏之学也，吾儒何独不然？"
陆云士曰："《楞严经》《参同契》精义尽涵在内。"
尤悔庵曰："极平常语，然道在是矣。"

第七五则

南北东西,一定之位也;
前后左右,无定之位也。

❖

张竹坡曰:"闻天地昼夜旋转,则此东西南北,亦无定之位也。或者天地外贮此天地者,当有一定耳。"

第七六则

予尝谓二氏不可废，非袭夫大养济院之陈言也。盖名山胜境，我辈每思褰裳就之。使非琳宫梵刹，则倦时无可驻足，饥时谁与授餐？忽有疾风暴雨，五大夫[1]果真足恃乎？又或丘壑深邃，非一日可了，岂能露宿以待明日乎？虎豹蛇虺，能保其不为人患乎？又或为士大夫所有，果能不问主人，任我之登陟凭吊而莫之禁乎？不特此也，甲之所有，乙思起而夺之，是启争端也。祖父之所创建，子孙贫，力不能修葺，其倾颓之状，反足令山川减色矣。然此特就名山胜境言之耳。即城市之内，与夫四达之衢，亦不可少此一种。客游可作居停，一也；长途可以稍憩，二也；夏之茗，冬之姜汤，复可以济役夫负戴之困，三也。凡此皆就事理言之，非二氏福报之说也。

释中洲曰:"此论一出,量无悭檀越矣。"

张竹坡曰:"如此处置此辈甚妥。但不得令其于人家丧事诵经,吉事拜忏;装金为像,铸铜作身;房如宫殿,器御钟鼓,动说因果。虽饮酒食肉,娶妻生子,总无不可。"

石天外曰:"天地生气,大抵五十年一聚。生气一聚,必有刀兵、饥馑、瘟疫以收其生气。此古今一治一乱必然之数也。自佛入中国,用剃度出家法绝其后嗣,天地盖欲以佛节古今之生气也。所以,唐、宋、元、明以来,剃度者多,而刀兵劫数稍减于春秋、战国、秦汉诸时也。然则佛氏且未必无功于天地,宁特人类已哉!"

注释

1 五大夫:秦始皇封泰山后,返京途中遇大风雨,在松树下休息,因而封此松为"五大夫"。后借指松树。

第七七则

虽不善书,而笔砚不可不精;
虽不业医,而验方不可不存;
虽不工弈,而楸枰[1]不可不备。

❋

江含徵曰:"虽不善饮,而良酿不可不藏,此坡仙之所以为坡仙也。"
顾天石曰:"虽不好色,而美女妖童不可不蓄。"
毕右万曰:"虽不习武,而弓矢不可不张。"

※
注释

1 楸枰:以楸材制成的棋盘。后亦指棋局。

第七八则

方外[1]不必戒酒,但须戒俗;
红裙不必通文,但须得趣。

朱其恭曰:"以不戒酒之方外,遇不通文之红裙,必有可观。"
陈定九曰:"我不善饮,而方外不饮酒者誓不与之语;红裙若不识趣,亦不乐与近。"
释浮村曰:"得居士此论,我辈可放心豪饮矣。"
弟东圃曰:"方外并戒了化缘方妙。"

注释

1 方外:世外。多指仙境或僧道之修行处所。

第七九则

梅边之石宜古,松下之石宜拙,
竹傍之石宜瘦,盆内之石宜巧。

❈

周星远曰:"论石至此,直可作九品中正。"
释中洲曰:"位置相当,足见胸次。"

第八〇则

律己宜带秋气,处世宜带春气。

❈

孙松楸曰:"君子所以有矜群而无争党也。"
胡静夫曰:"合夷惠为一人,吾愿亲炙之。"
尤悔庵曰:"皮里春秋。"

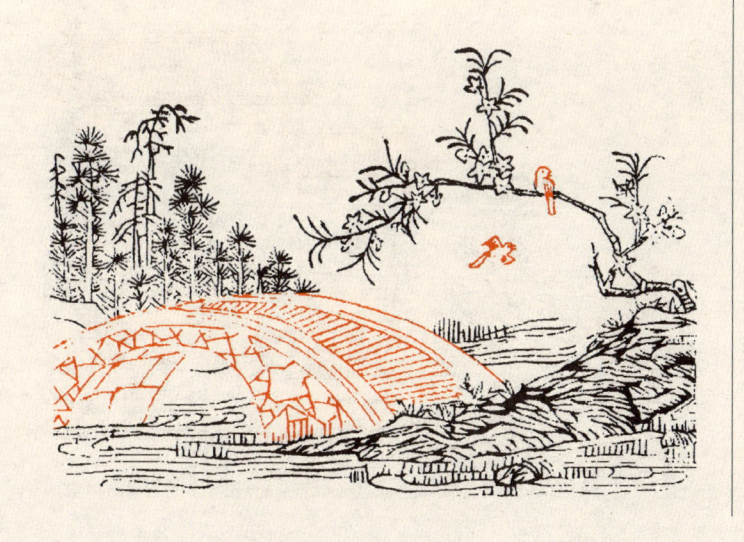

第八一则

厌催租之败意,亟宜早早完粮;
喜老衲之谈禅,难免常常布施。

释中洲曰:"居士辈之实情,吾僧家之私冀,直被一笔写出矣。"
瞎尊者曰:"我不会谈禅,亦不敢妄求布施,惟闲写青山卖耳。"

第八二则

松下听琴，月下听箫，
涧边听瀑布，山中听梵呗[1]，
觉耳中别有不同。

❀

张竹坡曰："其不同处，有难于向不知者道。"
倪永清曰："识得'不同'二字，方许享此清听。"

注释

1 梵呗：在印度指歌咏法言，在中国则指唱颂短偈或歌赞。

第八三则

月下听禅,旨趣益远;月下说剑,肝胆益真;月下论诗,风致益幽;月下对美人,情意益笃。

❀

袁士旦曰:"溽暑中赴华筵,冰雪中应考试,阴雨中对道学先生,与此况味何如?"

第八四则

有地上之山水，有画上之山水，
有梦中之山水，有胸中之山水。
地上者妙在丘壑深邃，画上者妙在笔墨淋漓，
梦中者妙在景象变幻，胸中者妙在位置自如。

❖

周星远曰："心斋《幽梦影》中文字，其妙亦在景象变幻。"
殷日戒曰："若诗文中之山水，其幽深变幻，更不可名状。"
江含徵曰："但不可有面上之山水。"
余香祖曰："余境况不佳，水穷山尽矣。"

第八五则

一日之计种蕉,一岁之计种竹,
十年之计种柳,百年之计种松。

◆

周星远曰:"千秋之计,其著书乎?"
张竹坡曰:"百世之计种德。"

第八六则

春雨宜读书,夏雨宜弈棋,
秋雨宜检藏,冬雨宜饮酒。

❀

周星远曰:"四时惟秋雨最难听,然予谓无分今雨旧雨,听之,要皆宜于饮也。"

第八七则

诗文之体得秋气为佳,
词曲之体得春气为佳。

✦

江含徵曰:"调有惨淡悲伤者,亦须相称。"
殷日戒曰:"陶诗[1]欧文[2],亦似以春气胜。"

※ 注释

1 陶诗:指晋代诗人陶渊明的诗。
2 欧文:指宋代文学家欧阳修的散文。

第八八则

抄写之笔墨,不必过求其佳。若施之缣素,则不可不求其佳。

诵读之书籍,不必过求其备。若以供稽考,则不可不求其备。

游历之山水,不必过求其妙;若因之卜居,则不可不求其妙。

❀

冒辟疆曰:"外遇之女色,不必过求其美;若以作姬妾,则不可不求其美。"

倪永清曰:"观其区处条理所在,经济可知。"

王司直曰:"求其所当求,而不求其所不必求。"

第八九则

人非圣贤，安能无所不知？
只知其一，惟恐不止其一，复求知其二者，上也；
止知其一，因人言始知有其二者，次也；
止知其一，人言有其二而莫之信[1]者，又其次也；
止知其一，恶人言[2]有其二者，斯下之下矣。

❋

周星远曰："兼听则聪，心斋所以深于知也。"
倪永清曰："圣贤大学问，不意于清语得之。"

注释

1 莫之信：即"莫信之"，此处指不相信别人的话。
2 恶人言：厌恶别人说。

第九〇则

史官所纪者,直世界[1]也;
职方所载者,横世界[2]也。

❀

袁中江曰:"众宰官所治者,斜世界也。"
尤悔庵曰:"普天下所行者,混沌世界也。"
顾天石曰:"吾尝思天上之天堂,何处筑基?地下之地狱,何处出气?世界固有不可思议者!"

第九一则

先天八卦,竖看者也;
后天八卦,横看者也。

❖

吴街南曰:"横看竖看,皆看不着。"
钱目天曰:"何如袖手旁观?"

第九二则

藏书不难,能看为难;看书不难,能读为难;读书不难,能用为难;能用不难,能记为难。

❖

洪去芜曰:"心斋以'能记'次于'能用'之后,想亦苦记性不如耳。世固有能记而不能用者。"
王端人曰:"能记、能用,方是真藏书人。"
张竹坡曰:"能记固难,能行尤难。"

第九三则

求知己于朋友易,求知己于妻妾难,求知己于君臣则尤难之难。

❖

王名友曰:"求知己于妾易,求知己于妻难,求知己于有妾之妻尤难。"

张竹坡曰:"求知己于兄弟亦难。"

江含徵曰:"求知己于鬼神则反易耳。"

第九四则

何谓善人？无损于世者则谓之善人；
何谓恶人？有害于世者则谓之恶人。

✦

江含徵曰："尚有有害于世，而反邀善人之誉，此实为好利而显为名高者，则又恶人之尤。"

第九五则

有工夫读书,谓之福;有力量济人,谓之福;有学问著述,谓之福;无是非到耳,谓之福;有多闻、直、谅[1]之友,谓之福。

❈

殷日戒曰:"我本薄福人,宜行求福事,在随时儆醒而已。"

杨圣藻曰:"在我者可必,在人者不能必。"

王丹麓曰:"备此福者,惟我心斋。"

李水樵曰:"五福骈臻固佳,苟得其半者,亦不得谓之无福。"

倪永清曰:"直谅之友,富贵人久拒之矣,何心斋反求之也?"

※ 注释

1 多闻、直、谅:指人的个性正直诚信,见识渊博。直,正直。谅,诚信。多闻,学识渊博。出自《论语·季氏》:"益者三友,损者三友。友直,友谅,友多闻,益矣。友便辟,友善柔,友便佞,损也。"

第九六则

人莫乐于闲,非无所事事之谓也。
闲则能读书,闲则能游名胜,
闲则能交益友,闲则能饮酒,闲则能著书。
天下之乐,孰大于是?

❖

陈鹤山曰:"然则正是极忙处。"
黄交三曰:"'闲'字前有止敬功夫,方能到此。"
尤悔庵曰:"昔人云'忙里偷闲',闲而可偷,盗亦有道矣。"
李若金曰:"闲固难得。有此五者,方不负'闲'字。"

第九七则

文章是案头之山水,山水是地上之文章。

李圣许曰:"文章必明秀,方可作案头山水;山水必曲折,乃可名地上文章。"

第九八则

平上去入，乃一定之至理。然入声之为字也少，不得谓凡字皆有四声也。世之调平仄者，于入声之无其字者，往往以不相合之音隶于其下。为所隶者，苟无平上去之三声，则是以寡妇配鳏夫，犹之可也；若所隶之字自有其平上去之三声，而欲强以从我，则是干有夫之妇矣，其可乎？

姑就诗韵言之，如"东""冬"韵，无入声者也，今人尽调之以"东""董""冻""督"。夫"督"之为音，当附于"都""睹""妒"之下；若属之于"东""董""冻"，又何以处夫"都""睹""妒"乎？若"东""都"二字俱以"督"字为入声，则是一妇而两夫矣。三"江"无入声者也，今人尽调之以"江""讲""绛""觉"，殊不知"觉"之为音，当附于"交""教"之下者也。诸如此类，不胜其举。

然则如之何而后可？曰：鳏者听其鳏，寡者听其寡；夫妇全者安其全，各不相干而已矣。("东""冬""欢""桓""寒""山""真""文""元""渊""先""天""庚""青""侵""盐""咸"诸部,皆无入声者也。"屋""沃"内如"秃""独""鹄""束"等字,乃"鱼""虞"韵内"都""图"等字之入声;"卜""木""六""仆"等字,乃五"歌"部之入声。"玉""菊""狱""育"等字,乃"尤"部之入声;三"觉"、十"药",当属于"萧""肴""豪";"质""锡""职""缉",当属于"支""微""齐"。"质"内之"橘""卒","物"内之"郁""屈",当属于"虞""鱼"。"物"内之"勿""物"等音,无平上去者也。"讫""乞"等四"支"之入声也。"陌"部乃"佳""灰"之半"开""来"等字之入声也。"月"部之"月""厥""阙""谒"等,及"屑""叶"二部,古无平上去,而今则为中州韵内"车""遮"诸字之入声也。"伐""发"等字及"曷"部之"括""适",及八"黠"全部,又十五"合"内诸字,又十七"洽"全部,皆六"麻"之入声也。"曷"内之"撮""阔"等字,"合"部之"合""盒"数字,皆无平上去者也。若以"缉""合""叶""洽"为闭口韵,则止当谓之无平上去之寡妇,而不当调之以"侵""寝""缉""咸""喊""陷""洽"也。)

石天外曰:"中州韵无入声,是有夫无妇,天下皆成旷夫世界矣!"

第九九则

《水浒传》是一部怒书,
《西游记》是一部悟书,
《金瓶梅》是一部哀书。

❈

江含徵曰:"不会看《金瓶梅》,而只学其淫,是爱东坡者,但喜吃东坡肉耳。"

殷日戒曰:"《幽梦影》是一部快书。"

朱其恭曰:"余谓《幽梦影》是一部趣书。"

第一〇〇则

读书最乐,若读史书则喜少怒多。究¹之,怒处亦乐处也。

❖

张竹坡曰:"读到喜怒俱忘,是大乐境。"

陆云士曰:"余尝有句云:'读《三国志》,无人不为刘;读《南宋书》,无人不冤岳。'第人不知怒处亦乐处耳。怒而能乐,惟善读史者知之。"

※注释

1 究:探寻、推求。

第一〇一则

发前人未发之论,方是奇书;
言妻子难言之情,乃为密友。

❈

孙恺似曰:"前二语,是心斋著书本领。"
毕右万曰:"奇书我却有数种,如人不肯看何?"
陆云士曰:"《幽梦影》一书所发者,皆未发之论;所言者,皆难言之情。'欲语羞雷同',可以题赠。"

第一〇二则

一介之士,必有密友,密友不必定是刎颈之交[1]。大率虽千百里之遥,皆可相信,而不为浮言所动;闻有谤之者,即多方为之辩析而后已;事之宜行宜止者,代为筹画决断;或事当利害关头,有所需而后济者,即不必与闻,亦不虑其负我与否,竟为力承其事。此皆所谓密友也。

殷日戒曰:"后段更见恳切周详,可以想见其为人矣。"
石天外曰:"如此密友,人生能得几个?仆愿心斋先生当之。"

注释

1 刎颈之交:比喻可同生共死的至交好友。

第一〇三则

风流自赏,只容花鸟趋陪;
真率谁知?合受烟霞¹供养。

※

江含徵曰:"东坡有云:'当此之时,若有所思而无所思。'"

※
注释

1 烟霞:变化的云气。指尘俗。

一五

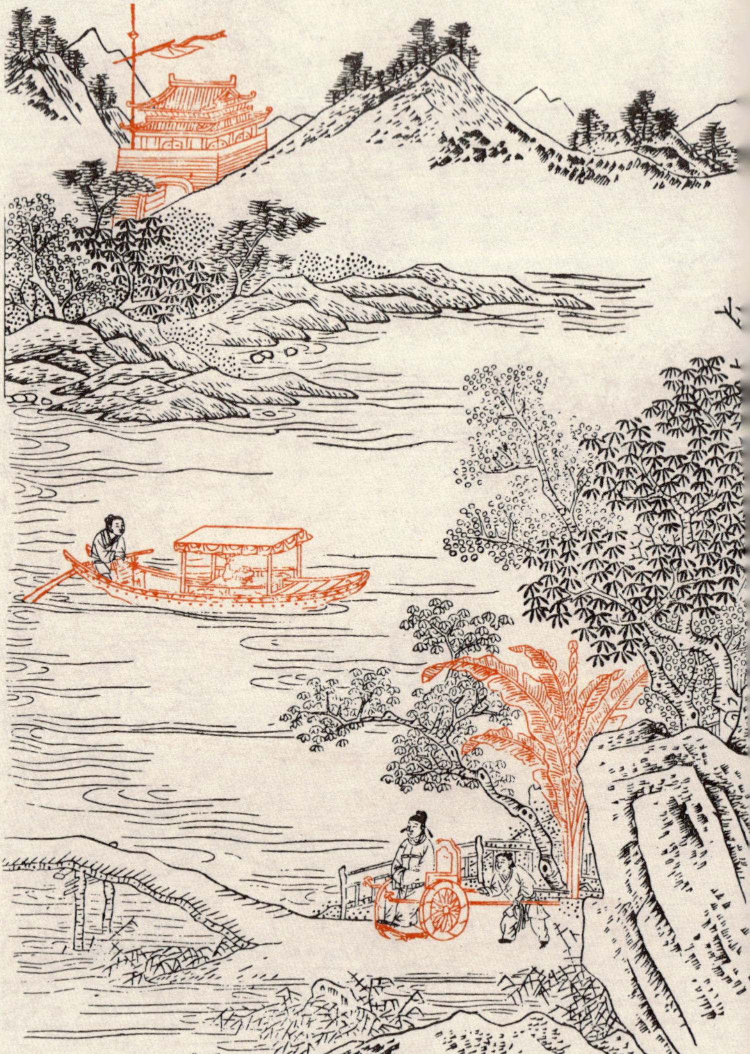

第一〇四则

万事可忘,难忘者名心一段;
千般易淡,未淡者美酒三杯。

❂

张竹坡曰:"是闻鸡起舞,酒后耳热气象。"
王丹麓曰:"予性不耐饮,美酒亦易淡。所最难忘者,名耳!"
陆云士曰:"惟恐不好名。丹麓此言具见真处。"

第一〇五则

芰荷[1]可食,而亦可衣;金石可器,而亦可服。

张竹坡曰:"然后知濂溪[2]不过为衣食计耳。"

王司直曰:"今之为衣食计者,果似濂溪否?"

注释

1 芰荷:菱花,一说荷花。
2 濂溪:指北宋哲学家周敦颐。他曾经写过《爱莲说》,表达对莲花的喜爱。

第一○六则

宜于耳复宜于目者，弹琴也，吹箫也；
宜于耳不宜于目者，吹笙也，擪管[1]也。

◆

李圣许曰："宜于目不宜于耳者，狮子吼之美妇人也；不宜于目并不宜于耳者，面目可憎、语言无味之纨袴子也。"
庞天池曰："宜于耳复宜于目者，巧言令色也。"

注释

1 擪管：以手指按笛奏曲。

第一〇七则

看晓妆,宜于傅粉之后。

※

余淡心曰:"看晚妆,不知心斋以为宜于何时?"
周冰持曰:"不可说,不可说!"
黄交三曰:"水晶帘下看梳头,不知尔时曾傅粉否?"
庞天池曰:"看残妆,宜于微醉后,然眼花撩乱矣。"

第一〇八则

我不知我之生前，当春秋之季，曾一识西施否？当典午[1]之时，曾一看卫玠[2]否？当义熙[3]之世，曾一醉渊明否？当天宝之代，曾一睹太真否？当元丰[4]之朝，曾一晤东坡否？千古之上，相思者不止此数人，而此数人则其尤甚者，故姑举之以概其余也。

❈

杨圣藻曰："君前生曾与诸君周旋，亦未可知，但今生忘之耳。"

纪伯紫曰："君之前生，或竟是渊明、东坡诸人，亦未可知。"

王名友曰："不特此也。心斋自云：'愿来生为绝代佳人！'又安知西施、太真，不即为其前生耶？"

郑破水曰："赞叹爱慕，千古一情。美人不必为妻妾，名士不必为朋友，又何必问之前生也耶？心斋真情痴也。"

陆云士曰:"余尝有诗曰:'自昔闻佛言,人有轮回事。前生为古人,不知何姓氏?或览青史中,若与他人遇!'竟与心斋同情,然大逊其奇快!"

注释

1 典午:"司马"的隐语,晋帝姓司马氏,后以"典午"指晋朝。
2 卫玠(286—312):字叔宝,晋安邑(今山西夏县北)人,魏晋时期著名的清谈名士,与何晏和王弼齐名。
3 义熙:东晋晋安帝司马德宗年号(405—419)。
4 元丰:北宋宋神宗赵顼年号(1078—1085)。

第一〇九则

我又不知在隆、万[1]时，曾于旧院中交几名妓，眉公[2]、伯虎、若士[3]、赤水[4]诸君，曾共我谈笑几回。茫茫宇宙，我今当向谁问之耶？

❈

江含徵曰："死者有知，则良晤匪遥。如各化为异物，吾未如之何也已！"
顾天石曰："具此襟情，百年后当有恨不与心斋周旋者，则吾幸矣！"

注释

1 隆万：指隆庆、万历年间。隆庆是明穆宗朱载坖年号（1567—1572），万历是明神宗朱翊钧年号（1573—1620）。

2 眉公：即陈继儒（1558—1639），字仲醇，号眉公，明华亭（今上海松江）人。他在书画方面有着卓越的才华，书法学习苏轼和米芾，绘画以水墨画梅闻名，传世作品包括《梅花册》《云山卷》等。

3 若士：即汤显祖（1550—1617），字义仍，号若士，明江西临川人。尤精戏曲，其代表作有《牡丹亭》《邯郸记》《南柯记》《紫钗记》四种，合称"玉茗堂四梦"或"临川四梦"。

4 赤水：即屠隆（1542—1605），字长卿、纬真，号赤水、鸿苞居士，明戏曲作家、文学家，浙江鄞县（今宁波）人。风流豪放，工于声律。

第一一〇则

文章是有字句之锦绣,锦绣是无字句之文章。两者同出于一原,姑即粗迹论之,如金陵,如武林,如姑苏,书林之所在,即杼机之所在也。

◆

袁翔甫补评曰:"若兰回文,是有字句之锦绣也;落花水面,是无字句之文章也。"

第一一一则

予尝集诸法帖字为诗,字之不复而多者,莫善于《千字文》。然诗家目前常用之字,犹苦其未备。如天文之"烟霞风雪",地理之"江山塘岸",时令之"春宵晓暮",人物之"翁僧渔樵",花木之"花柳苔萍",鸟兽之"蜂蝶莺燕",宫室之"台槛轩窗",器用之"舟船壶杖",人事之"梦忆愁恨",衣服之"裙袖锦绮",饮食之"茶浆饮酌",身体之"须眉韵态",声色之"红绿香艳",文史之"骚赋题吟",数目之"一三双半",皆无其字。《千字文》且然,况其他乎!

❖

黄仙裳曰:"山来此种诗,竟似为我而设。"
顾天石曰:"使其皆备,则《千字文》不为奇矣!吾尝于千字之外,另集千字,而已不可复得,更奇。"

第一一二则

花不可见其落，月不可见其沉，美人不可见其夭[1]。

❖

朱其恭曰："君言谬矣！洵[2]如所云，则美人必见其发白齿豁，而后快耶？"

※ 注释

1 夭：早逝。
2 洵：确实，诚然。

第一一三则

种花须见其开,待月须见其满,
著书须见其成,美人须见其畅适,
方有实际,否则皆为虚设。

王璞庵曰:"此条与上条互相发明。盖曰'花不可见其落耳,必须见其开也。'"

第一一四则

惠施多方,其书五车;
虞卿以穷愁著书。
今皆不传,不知书中果作何语?
我不见古人,安得不恨!

❖

王仔园曰:"想亦与《幽梦影》相类耳!"
顾天石曰:"古人所读之书,所著之书,若不被秦人所烧尽,则奇奇怪怪,可供今人刻画者,知复何限?然如《幽梦影》等书出,不必思古人矣。"
倪永清曰:"有著书之名,而不见书,省人多少指摘。"
庞天池曰:"我独恨古人不见心斋。"

第一一五则

以松花为粮,以松实为香,以松枝为麈尾,以松阴为步障[1],以松涛为鼓吹。
山居得乔松百余章,真乃受用不尽。

✿

施愚山曰:"君独不记曾有'松多大蚁'之恨耶?"
江含徵曰:"松多大蚁,不妨便为蚁王。"
石天外曰:"坐乔松下,如在水晶官中,见万顷波涛总在头上,真仙境也!"

※
注释

1 步障:古代用来遮挡风尘和视线的屏幕。古代显贵出行时,常在路旁搭设步障,以遮挡风土或防止旁人窥视,保护内眷的隐私。

第一一六则

玩月之法,皎洁则宜仰观,朦胧则宜俯视。

孔东塘曰:"深得玩月三昧。"

第一一七则

孩提之童,一无所知,目不能辨美恶,耳不能判清浊,鼻不能别香臭。至若味之甘苦,则不第知之,且能取之弃之。告子以甘食、悦色为性,殆指此类耳!

第一一八则

凡事不宜刻[1],若读书则不可不刻[2];
凡事不宜贪[3],若买书则不可不贪[4];
凡事不宜痴,若行善则不可不痴。

❈

余淡心曰:"'读书不可不刻',请去一'读'字,移以赠我,何如?"
张竹坡曰:"我为刻书累,请并去一'不'字。"
杨圣藻曰:"行善不痴,是邀名矣。"

注释

1 刻:严苛。
2 刻:刻苦。
3 贪:贪婪。
4 贪:贪多。

第一一九则

酒可好,不可骂座[1];色可好,不可伤生;财可好,不可昧心;气可好,不可越理。

袁中江曰:"如灌夫使酒,文园病肺,昨夜南塘一出,马上挟章台柳归,亦自无妨。觉愈见英雄本色也。"

注释

1 骂座:因醉酒而谩骂同座的人。

第一二〇则

文名可以当科第,俭德可以当货财,清闲可以当寿考[1]。

聂晋人曰:"若名人而登甲第,富翁而不骄奢,寿翁而又清闲,便是蓬壶三岛中人也。"

范汝受曰:"此亦是贫贱文人无所事事,自为慰藉云耳;恐亦无实在受用处也。"

曾青藜曰:"'无事此静坐,一日似两日。若活七十年,便是百四十。'此是'清闲当寿考'注脚。"

石天外曰:"得《老子》'退一步'法。"

顾天石曰:"予生平喜游,每逢佳山水辄留连不去,亦自谓'可当园亭之乐'。质之心斋,以为然否?"

注释

1 寿考:高寿。

第一二一则

不独诵其诗、读其书,是尚友[1]古人,即观其字画,亦是尚友古人处。

张竹坡曰:"能友字画中之古人,则九原皆为之感泣矣!"

注释

1 尚友:上与古人为友。

第一二二则

无益之施舍,莫过于斋僧;
无益之诗文,莫过于祝寿。

❈

张竹坡曰:"无益之心思,莫过于忧贫;无益之学问,莫过于务名。"
殷简堂曰:"若诗文有笔资,亦未尝不可。"
庞天池曰:"有益之施舍,莫过于多送我《幽梦影》几册。"

第一二三则

妾美不如妻贤，钱多不如境顺。

张竹坡曰："此所谓'竿头欲进步'者。然妻不贤，安用妾美？钱不多，那得境顺？"
张迂庵曰："此盖谓二者不可得兼，舍一而取一者也。"
又曰："世固有钱多而境不顺者。"

第一二四则

创新庵不若修古庙,读生书[1]不若温旧业。

❖

张竹坡曰:"是真会读书者,是真读过万卷书者,是真一书曾读过数遍者。"

顾天石曰:"惟《左传》《楚词》、马、班、杜、韩之诗文,及《水浒》《西厢》《还魂》等书,虽读百遍不厌。此外皆不耐温者矣,奈何?"

王安节曰:"今世建生祠,又不若创茅庵。"

注释

1 生书:尚未读过的书。

第一二五则

字与画同出一原。

观六书[1]始于象形,则可知已。

江含徵曰:"有不可画之字,不得不用六法也。"

张竹坡曰:"千古人未经道破,却一口拈出。"

注释

1 六书:古人通过分析汉字的构造,归纳出的六种造字方法,包括象形、指事、会意、形声、转注和假借。

第一二六则

忙人园亭,宜与住宅相连;
闲人园亭,不妨与住宅相远。

❖

张竹坡曰:"真闲人,必以园亭为住宅。"

第一二七则

酒可以当茶，茶不可以当酒；
诗可以当文，文不可以当诗；
曲可以当词，词不可以当曲；
月可以当灯，灯不可以当月；
笔可以当口，口不可以当笔；
婢[1]可以当奴[2]，奴不可以当婢。

❊

江含徵曰："婢当奴则太亲，吾恐'忽闻河东狮子吼'耳！"
周星远曰："奴亦有可以当婢处，但未免稍逊耳。"又曰："近时士大夫往往耽此癖。吾辈驰骛之流，盗此虚名，亦欲效颦相尚；滔滔者天下皆是也，心斋岂未识其故乎？"

张竹坡曰:"婢可以当奴者,有奴之所有者也。奴不可以当婢者,有婢之所同有,无婢之所独有者也。"

弟木山曰:"兄于饮食之顷,恐月不可以当灯。"

余湘客曰:"以奴当婢,小姐权时落后也。"

宗子发曰:"惟帝王家不妨以奴当婢,盖以有阉割法也。每见人家奴子出入主母卧房,亦殊可虑。"

注释

1　婢：古代罪犯妻女没入官家为奴,称为"婢"。
2　奴：古代本指获罪入官府服杂役的人,后泛指奴仆。

第一二八则

胸中小不平，可以酒消之；
世间大不平，非剑不能消也。

❖

周星远曰："'看剑引杯长。'一切不平皆破除矣。"
张竹坡曰："此平世剑术，非隐娘[1]辈所知。"
张迂庵曰："苍苍者[2]未必肯以太阿[3]假[4]人，似不能代作空空儿[5]也。"
尤悔庵曰："龙泉太阿，汝知我者，岂止苏子美以一斗读《汉书》耶？"

※ 注释

1 隐娘：即聂隐娘，唐传奇中的侠女。
2 苍苍者：上天。
3 太阿：传说中的宝剑名。
4 假：借。
5 空空儿：唐人小说中的剑侠，有隐身术。后多指盗贼。

第一二九则

不得已而诮之者,宁以口,毋以笔;
不可耐而骂之者,亦宁以口,毋以笔。

❖

孙豹人曰:"但恐未必能自主耳!"
张竹坡曰:"上句立品,下句立德。"
张迂庵曰:"匪惟立德,亦以免祸。"
顾天石曰:"今人笔不诮人,更无用笔之处矣。心斋不知此苦,还是唐宋以上人耳。"
陆云士曰:"古《笔铭》曰:'毫毛茂茂,陷水可脱,陷文不活。'正此谓也。亦有诮以笔而实讥之者,亦有骂以笔而若誉之者。总以不笔为高。"

第一三〇则

多情者必好色,而好色者未必尽属多情;
红颜者必薄命,而薄命者未必尽属红颜;
能诗者必好酒,而好酒者未必尽属能诗。

❖

张竹坡曰:"情起于色者,则好色也,非情也;祸起于颜色者,则薄命在红颜否?则亦止曰:命而已矣!"
洪秋士曰:"世亦有能诗而不好酒者。"

第一三一则

梅令人高,兰令人幽,菊令人野,莲令人淡,春海棠令人艳,牡丹令人豪,蕉与竹令人韵,秋海棠令人媚,松令人逸,桐令人清,柳令人感。

张竹坡曰:"美人令众卉皆香,名士令群芳俱舞。"
尤谨庸曰:"读之惊才绝艳[1],堪采入《群芳谱》[2]中。"

注释

1 惊才绝艳:形容才华惊人,文辞瑰丽。
2《群芳谱》:明代介绍栽培植物的著作。

第一三二则

物之能感人者,在天莫如月,在乐莫如琴,在动物莫如鹃[1],在植物莫如柳。

※ 注释

1 鹃:指杜鹃,初夏时常常昼夜不停地啼叫,叫声凄厉,能引起旅客的归思之情。相传为古蜀王杜宇之魂所化,也称为"子规"。

第一三三则

妻子颇足累人，羡和靖梅妻鹤子；
奴婢亦能供职，喜志和[1]樵婢渔奴[2]。

✿

尤悔庵曰："'梅妻鹤子，樵婢渔童'，可称绝对。人生眷属，得此足矣。"

注释

1 志和：即张志和（730—810），始名龟龄，字子同，唐朝金华（今属浙江）人。肃宗时为左金吾卫录事参军，后因事被贬，赦还后居江湖，自称烟波钓徒。
2 樵婢渔奴：唐肃宗曾赏赐张志和奴、婢各一人，张志和让他们结为夫妇，取名"渔童""樵青"。

第一三四则

涉猎虽曰无用,犹胜于不通古今;
清高固然可嘉,莫流于不识时务。

❖

黄交三曰:"南阳抱膝时,原非清高者可比。"
江含徵曰:"此是心斋经济语。"
张竹坡曰:"不合时宜则可,不达时务,奚其可?"
尤悔庵曰:"名言,名言!"

第一三五则

所谓美人者,以花为貌,以鸟为声,以月为神,以柳为态,以玉为骨,以冰雪为肤,以秋水为姿,以诗词为心,吾无间然矣。

冒辟疆曰:"合古今灵秀之气,庶几铸此一人。"
江含徵曰:"还要有松蘗之操才好。"
黄交三曰:"论美人而曰'以诗词为心',真是闻所未闻。"

第一三六则

蝇集人面,蚊噆[1]人肤,不知以人为何物?

陈康畴曰:"应是头陀转世,意中但求布施也。"

释菌人曰:"不堪道破。"

张竹坡曰:"此《南华》精髓也。"

尤悔庵曰:"正以人之血肉,只堪供蝇蚊咀噆耳。以我视之,人也;自蝇蚊视之,何异腥膻臭腐乎?"

陆云士曰:"集人面者,非蝇而蝇;噆人肤者,非蚊而蚊。明知其为人也,而集之噆之,更不知其以人为何物。"

注释

1 噆:叮、咬。

第一三七则

有山林隐逸之乐而不知享者,渔樵也、农圃也、缁黄[1]也;
有园亭姬妾之乐,而不能享、不善享者,富商也、大僚也。

弟木山曰:"有山珍海错而不能享者,疱人也。有牙签玉轴而不能读者,蠹鱼也、书贾也。"

注释

1 缁黄:僧人与道士。"缁"指僧人穿的黑衣,"黄"指道士戴的黄帽,因此"缁黄"合起来指代僧道。

第一三八则

黎举云:"欲令梅聘海棠,枨子(想是橙。)臣樱桃,以芥嫁笋,但时不同耳。"予谓"物各有偶,拟必于伦"。今之嫁娶,殊觉未当。如梅之为物,品最清高;棠之为物,姿极妖艳。即使同时,亦不可为夫妇。不如梅聘梨花,海棠嫁杏,橼臣佛手,荔枝臣樱桃,秋海棠嫁雁来红,庶几相称耳。至若以芥嫁笋,笋如有知,必受河东狮子之累矣。

弟木山曰:"余尝以芍药为牡丹后,因作贺表一通。兄曾云:'但恐芍药未必肯耳!'"
石天外曰:"花神有知,当以花果数升谢蹇修矣。"
姜学在曰:"雁来红做新郎,真个是老少年也。"

第一三九则

五色[1]有太过,有不及,惟黑与白无太过。

❋

杜茶村曰:"君独不闻唐有李太白乎?"
江含徵曰:"又不闻'玄之又玄'乎?"
尤悔庵曰:"知此道者,其惟弈乎!老子曰:'知其白,守其黑。'"

注释

1 五色:指青、黄、赤、白、黑五种颜色。古代以此五者为正色,其他为间色。

第一四〇则

许氏《说文》[1]分部,有止有其部而无所属之字者,下必注云:"凡某之属,皆从某。"赘句殊觉可笑,何不省此一句乎?

❉

谭公子曰:"此独民县到任告示耳。"
王司直曰:"此亦古史之遗。"

※ 注释

1《说文》:指东汉许慎所著的《说文解字》,是我国首部系统分析汉字字形和字源的辞书,其独创的部首检字法对后世影响深远。

第一四一则

阅《水浒传》至鲁达打镇关西、武松打虎，因思人生必有一桩极快意事，方不枉在生一场。即不能有其事，亦须著得一种得意之书，庶几无憾耳！（如李太白有贵妃捧砚事，司马相如有文君当垆事，严子陵有足加帝腹事，王之涣、王昌龄有旗亭画壁事，王子安[1]有顺风过江作《滕王阁序》事之类。）

张竹坡曰："此等事，必须无意中方做得来。"
陆云士曰："心斋所著得意之书颇多，不止一打快活林、一打景阳冈称快意矣。"
弟木山曰："兄若打中山狼，更极快意。"

注释

1 王子安：即王勃，字子安，初唐四杰之一。

第一四二则

春风如酒,夏风如茗,
秋风如烟,如姜芥。

许筠庵曰:"所以'秋风客'气味狠辣。"
张竹坡曰:"安得东风夜夜来?"

第一四三则

冰裂纹[1]极雅,然宜细不宜肥;若以之作窗栏,殊不耐观也。(冰裂纹须分大小,先作大冰裂,再于每大块之中,作小冰裂,方佳。)

江含徵曰:"此便是哥窑纹也。"
靳熊封曰:"'一片冰心在玉壶',可以移赠。"

※ 注释

1 冰裂纹:陶工以高温烧瓷时,变化釉面纹路所产生的效果。有冰裂、梅花片、细碎纹等。

第一四四则

鸟声之最佳者,画眉第一,黄鹂、百舌[1]次之。然黄鹂、百舌,世未有笼而畜之者,其殆高士之俦[2],可闻而不可屈者耶?

❈

江含徵曰:"又有'打起黄莺儿'者,然则亦有时用他不着。"

陆云士曰:"'黄鹂住久浑相识,欲别频啼四五声。'来去有情,正不必笼而畜之也。"

注释

1 百舌:动物名。鸣声圆滑,善于模拟各种鸟鸣。也称为"山麻雀"。
2 俦:同类、同辈。

第一四五则

不治生产,其后必致累人;
专务交游,其后必致累己。

❖

杨圣藻曰:"晨钟夕磬,发人深省。"
冒巢民曰:"若在我,虽累人累己,亦所不悔。"
宗子发曰:"累己犹可,若累人则不可矣。"
江舍徽曰:"今之人未必肯受你累,还是自家稳些的好。"

第一四六则

昔人云:"妇人识字,多致诲淫。"予谓此非识字之过也。盖识字则非无闻之人[1],其淫也,人易得而知耳。

张竹坡曰:"此名士持身不可不加谨也。"
李若金曰:"贞者识字愈贞,淫者不识字亦淫。"

注释

1 无闻之人:一般的普通人。

第一四七则

善读书者,无之而非书:山水亦书也,棋酒亦书也,花月亦书也。

善游山水者,无之而非山水:书史亦山水也,诗酒亦山水也,花月亦山水也。

❖

陈鹤山曰:"此方是真善读书人,善游山水人。"

黄交三曰:"善于领会者,当作如是观。"

江含徵曰:"五更卧被时,有无数山水书籍在眼前胸中。"

尤悔庵曰:"山耶,水耶,书耶?一而二,二而三,三而一者也。"

陆云士曰:"妙舌如环,真慧业文人之语。"

第一四八则

园亭之妙,在丘壑布置,不在雕绘琐屑。往往见人家园亭,屋脊墙头,雕砖镂瓦,非不穷极工巧,然未久即坏,坏后极难修葺。是何如朴素之为佳乎?

❋

江含徵曰:"世间最令人神怆者,莫如名园雅墅,一经颓废,风台月榭,埋没荆棘。故昔之贤达,有不欲置别业者。予尝过琴虞,留题名园句有云:'而今绮砌雕阑在,剩与园丁作业钱。'盖伤之也。"

弟木山曰:"予尝悟作园亭与作光棍[1]二法:园亭之善在多回廊,光棍之恶,在能结讼。"

※ 注释

1 光棍:这里指地痞、无赖。

第一四九则

清宵独坐,邀月言愁;
良夜孤眠,呼蛩¹语恨。

袁士旦曰:"令我百端交集²。"

黄孔植曰:"此逆旅无聊之况,心斋亦知之乎?"

注释

1 蛩:蟋蟀的别名。
2 百端交集:形容感慨万千。

第一五〇则

官声采于舆论,豪右[1]之口与寒乞之口俱不得其真;
花案定于成心,艳媚之评与寝陋之评概恐失其实。

❀

黄九烟曰:"先师有言:'不如乡人之善者好之,其不善者,恶之。'"
李若金曰:"豪右而不讲分上,寒乞而不望推恩者,亦未尝无公论。"
倪永清曰:"我谓众人唾骂者,其人必有可观。"

※ 注释

1 豪右:有名望的大族,称一方之霸的世家大族。

第一五一则

胸藏丘壑，城市不异山林；
兴寄烟霞，阎浮[1]有如蓬岛。

注释

1 阎浮：阎浮洲的略称。佛教以日月照临的范围为一个世界。它以须弥山为中心，山外是大海，四边有四大洲。阎浮洲位在南方。在释迦牟尼佛所教化的世界中，阎浮洲指人所住之世界。

第一五二则

梧桐为植物中清品，而形家[1]独忌之，甚且谓"梧桐大如斗，主人往外走"，若竟视为不祥之物也者。夫剪桐封弟，其为宫中之桐可知；而卜世[2]最久者，莫过于周。俗言之不足据，类如此夫！

❀

江含徵曰："爱碧梧者，遂艰于白镪。造物盖忌之，故靳之也。有何吉凶休咎之可关？只是打秋风时光棍样可厌耳！"
尤悔庵曰："'梧桐生矣，于彼朝阳'，《诗》言之矣。"
倪永清曰："心斋为梧桐雪千古之奇冤，百卉俱当九顿。"

※
注释

1 形家：看风水的人。形，地形，地势。
2 卜世：用卜卦预测国运。

第一五三则

多情者不以生死易心,好饮者不以寒暑改量,喜读书者不以忙闲作辍。

朱其恭曰:"此三言者,皆是心斋自为写照。"
王司直曰:"我愿饮酒、读《离骚》,至死方辍,何如?"

第一五四则

蛛为蝶之敌国,驴为马之附庸。

❋

周星远曰:"妙论解颐,不数[1]晋人危语、隐语[2]。"

黄交三曰:"自开辟以来,未闻有此奇论。"

※
注释

1 不数:不亚于,不逊于。
2 隐语:指现在的谜语。

第一五五则

立品[1]须发乎宋人之道学,
涉世须参以晋代之风流。

方宝臣曰:"真道学未有不风流者。"
张竹坡曰:"夫子自道也。"
胡静夫曰:"予赠金陵前辈赵容庵句云:'文章鼎立《庄》《骚》外,杖履风流晋宋间。'今当移赠山老。"
倪永清曰:"等闲地位,却是个双料圣人。"
陆云士曰:"有不风流之道学,有风流之道学;有不道学风流,有道学之风流,毫厘千里。"

注释

1 立品:培养品德。

第一五六则

古谓禽兽亦知人伦。予谓匪独禽兽也，即草木亦复有之。牡丹为王，芍药为相，其君臣也；南山之乔，北山之梓，其父子也。荆之闻分而枯，闻不分而活，其兄弟也；莲之并蒂，其夫妇也；兰之同心，其朋友也。

江含徵曰："纲常伦理，今日几于扫地，合向花木鸟兽中求之。"又曰："心斋不喜迂腐，此却有腐气。"

第一五七则

豪杰[1]易于圣贤,文人多于才子。

◈

张竹坡曰:"豪杰不能为圣贤,圣贤未有不豪杰。文人才子亦然。"

※ 注释

1 豪杰:指才智、勇气出众的人。

第一五八则

牛与马,一仕而一隐也;
鹿与豕,一仙而一凡也。

❖

杜茶村曰:"田单之火牛,亦曾效力疆场;至马之隐者,则绝无之矣。若武王归马于华山之阳,所谓'勒令致仕[1]'者也。"

张竹坡曰:"'莫与儿孙作马牛',盖为后人审出处语也。"

※
注释

1 致仕:亦作"致事",旧时指辞官隐居。《后汉书·刘般传》:"永宁元年,称病上书致仕。"

第一五九则

古今至文,皆血泪所成。

❀

吴晴岩曰:"山老《清泪痕》一书,细看皆是血泪。"
江含徵曰:"古今恶文,亦纯是血。"

第一六〇则

"情"之一字,所以维持世界;
"才"之一字,所以粉饰乾坤。

❖

吴雨若曰:"世界原从'情'字生出,有夫妇,然后有父子;有父子,然后有兄弟;有兄弟,然后有朋友;有朋友,然后有君臣。"
释中洲曰:"'情'与'才'缺一不可。"

第一六一则

孔子生于东鲁，东者生方，故礼乐文章，其道皆自无而有；
释迦生于西方，西者死地，故受想行识，其教皆自有而无。

❖

吴街南曰："佛游东土，佛入生方；人望西天，岂知是寻死地？呜呼！西方之人兮，之死靡他。"
殷日戒曰："孔子只勉人生时用功，佛氏只教人死时作主，各自一意。"
倪永清曰："盘古生于天心，故其人在不有不无之间。"

第一六二则

有青山方有绿水,水惟借色于山;
有美酒便有佳诗,诗亦乞灵[1]于酒。

❁

李圣许曰:"有青山绿水,乃可酌美酒而咏佳诗,是诗酒又发端于山水也。"

注释

1 乞灵:这里指饮酒寻求灵感。

第一六三则

严君平[1],以卜讲学者也;孙思邈,以医讲学者也;诸葛武侯,以出师讲学者也。

❈

殷日戒曰:"心斋殆又以《幽梦影》讲学者耶?"
戴田友曰:"如此讲学,才可称道学先生。"

注释

1 严君平:西汉隐士。亦称庄君平,名遵,蜀郡郫县(今四川成都)人。道家学说的代表人物之一,以淡泊名利、终身不仕的品格著称。

第一六四则

人谓女美于男，禽则雄华于雌，兽则牝牡¹无分者也。

❖

杜于皇曰："人亦有男美于女者，此尚非确论。"
徐松之曰："此是茶村²兴到之言³，亦非定论。"

※ 注释

1 牝牡：动物的雌性与雄性。
2 茶村：指杜于皇，茶村是他的号。
3 兴到之言：一时兴起说的话。

第一六五则

镜不幸而遇嫫母[1],砚不幸而遇俗子,剑不幸而遇庸将,皆无可奈何之事。

❖

杨圣藻曰:"凡不幸者,皆可以此概之。"
闵宾连曰:"心斋案头无一佳砚,然诗文绝无一点尘俗气。此又砚之大幸也。"
曹冲谷曰:"最无可奈何者,佳人定随痴汉。"

※ 注释

1 嫫母:中国古代传说中黄帝的次妃(另说第四妃)。传说她长相极丑,但品德贤淑、性情温和,并具备卓越的领导才能。

第一六六则

天下无书则已,有则必当读;无酒则已,有则必当饮;无名山则已,有则必当游;无花月则已,有则必当赏玩;无才子佳人则已,有则必当爱慕怜惜。

◆

弟木山曰:"谈何容易,即吾家黄山,几能得一到耶?"

第一六七则

秋虫春鸟,尚能调声弄舌,时吐好音。我辈搦管拈毫,岂可甘作鸦鸣牛喘[1]!

※ 注释

1 鸦鸣牛喘:两者都是特别难听的声音,此处比喻写出的诗文不成样子。

第一六八则

嫫[1]颜陋质，不与镜为仇者，亦以镜为无知之死物耳。使镜而有知，必遭扑破矣。

❀

江含徵曰："镜而有知，遇若辈早已回避矣。"
张竹坡曰："镜而有知，必当化嫫为妍[2]。"

注释

1 嫫：相貌丑陋。与"妍"相对。
2 化嫫为妍：变丑陋为貌美。

第一六九则

吾家公艺,恃百忍以同居,千古传为美谈。殊不知忍而至于百,则其家庭乖戾睽隔[1]之处,正未易更仆数[2]也。

❖

江含徵曰:"然除了一忍,更无别法。"
顾天石曰:"心斋此论,先得我心。忍以治家,可耳,奈何进之高宗,使忍以养成武氏之祸哉。"
倪永清曰:"若用'忍'字,则百犹嫌少,否则以'剑'字处之足矣。或曰'出家'二字足以处之。"
王安节曰:"惟其乖戾睽隔,是以要忍。"

※
注释

1 乖戾睽隔:有矛盾,不和睦。
2 未易更仆数:形容人或事物很多,很难数清楚。

第一七〇则

九世同居,诚为盛事,然止当与割股[1]、庐墓[2]者作一例看。可以为难矣,不可以为法也,以其非中庸之道也。

❈

洪去芜曰:"古人原有'父子异宫'之说。"
沈契掌曰:"必居天下之广居而后可。"

※ 注释

1 割股:割下自身的股肉来治疗父母的病,这在封建社会被认为是一种孝行。
2 庐墓:结庐守葬。古人在父母或师长去世后,为表达敬爱与哀思,常在墓旁搭建茅屋守灵。

第一七一则

作文之法：意之曲折者，宜写之以显浅之词；理之显浅者，宜运之以曲折之笔；题之熟者，参之以新奇之想；题之庸者，深之以关系之论。至于窘者舒之使长，缛[1]者删之使简，俚[2]者文之使雅，闹者摄之使静，皆所谓裁制也。

陈康畴曰："深得作文三昧语。"
张竹坡曰："所谓节制之师。"
王丹麓曰："文家秘旨，和盘托出，有功作者不浅。"

注释

1 缛：繁多、烦琐。
2 俚：鄙俗。

第一七二则

笋为蔬中尤物，荔枝为果中尤物，蟹为水族中尤物，酒为饮食中尤物，月为天文中尤物，西湖为山水中尤物，词曲为文字中尤物。

❀

张南村曰："《幽梦影》可为书中尤物。"
陈鹤山曰："此一则又为《幽梦影》中尤物。"

第一七三则

买得一本好花,犹且爱护而怜惜之,矧[1]其为解语花[2]乎?

❀

周星远曰:"性至之语,自是君身有仙骨,世人那得知其故耶!"

石天外曰:"此一副心,令我念佛数声。"

李若金曰:"花能解语,而落于粗恶武夫,或遭狮吼戕贼,虽欲爱护,何可得?"

王司直曰:"此言是恻隐之心,即是是非之心。"

注释

1. 矧:况且。
2. 解语花:本指杨贵妃,出自五代王仁裕的《开元天宝遗事》。后代指美人。

第一七四则

观手中便面[1],足以知其人之雅俗,足以识其人之交游。

李圣许曰:"今人以笔资丐名人书画,名人何尝与之交游?吾知其手中便面虽雅,而其人则俗甚也。心斋此条,犹非定论。"

毕岷谷曰:"人苟肯以笔资丐名人书画,则其人犹有雅道存焉,世固有并不爱此道者。"

钱目天曰:"二说皆然。"

注释

1 便面:扇子的别称。因不想使他人看见时,便于障面,故称为"便面"。

第一七五则

水为至污之所会归,火为至污之所不到。若变不洁为至洁,则水火皆然。

❖

江含徵曰:"世间之物,宜投诸水火者不少,盖喜其变也。"

第一七六则

貌有丑而可观者,有虽不丑而不足观者;文有不通而可爱者,有虽通而极可厌者。此未易与浅人[1]道也。

❖

陈康畴曰:"相马于牝牡骊黄之外者[2],得之矣。"

李若金曰:"究竟可观者必有奇怪处,可爱者必无大不通。"

梅雪坪曰:"虽通而可厌,便可谓之不通。"

※
注释

1 浅人:见识浅薄的人。
2 相马于牝牡骊黄之外者:挑选好马不必拘于毛色性别。牝牡,雌雄。骊,黑色。

第一七七则

游玩山水亦复有缘,
苟机缘未至[1],则虽近在数十里之内,
亦无暇到也。

❖

张南村曰:"予晤心斋时,询其曾游黄山否。心斋对以'未游',当是机缘未至耳。"

陆云士曰:"余慕心斋者十年,今戊寅之冬始得一面,身到黄山恨其晚,而正未晚也。"

注释

1 苟机缘未至:如果机缘不到的话。苟,如果。

第一七八则

"贫而无谄,富而无骄"[1],古人之所贤也。贫而无骄,富而无谄,今人之所少也。足以知世风之降矣。

❋

许来庵曰:"战国时已有'贫贱骄人'之说矣。"

张竹坡曰:"有一人一时,而对此谄对彼骄者,更难。"

注释

1 贫而无谄,富而无骄:虽然贫穷,但不巴结奉承;虽然富有,但不傲慢自大。出自《论语·学而》。

第一七九则

昔人欲以十年读书、十年游山、十年检藏。予谓检藏尽可不必十年，只二三载足矣。若读书与游山，虽或相倍蓰[1]，恐亦不足以偿所愿也。必也如黄九烟前辈之所云："人生必三百岁而后可"乎？

江含徵曰："昔贤原谓尽则安能，但身到处莫放过耳。"
孙松坪曰："吾乡李长蘅先生，爱湖上诸山，有'每个峰头住一年'之句。然则黄九烟先生所云犹恨其少。"
张竹坡曰："今日想来，彭祖反不如马迁。"

注释

1 倍蓰：倍，一倍；蓰，五倍。指由一倍至五倍，形容很多。

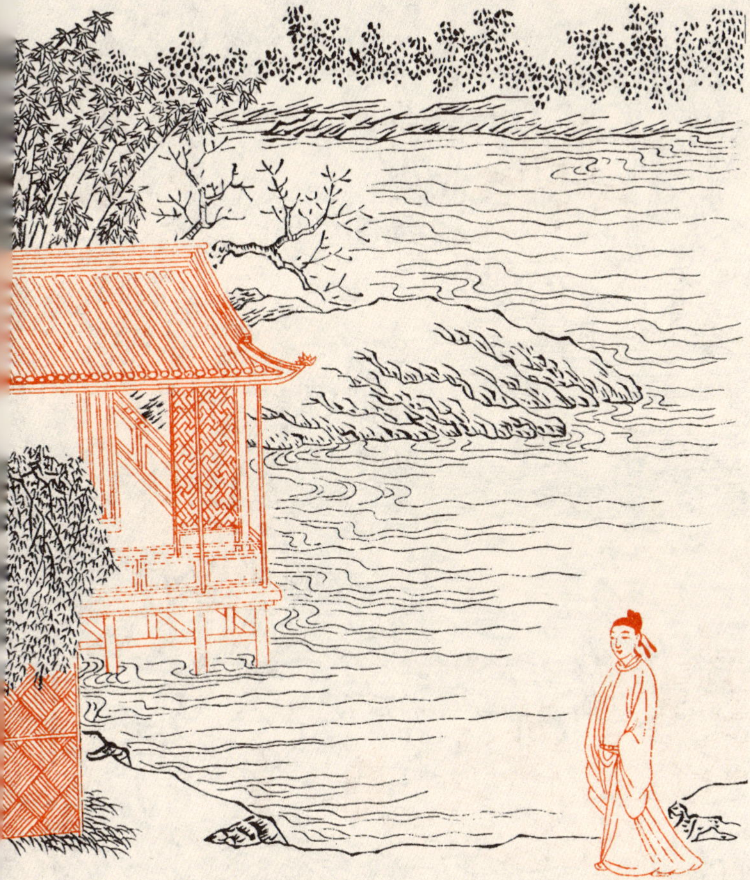

一九六

第一八〇则

宁为小人之所骂,毋为君子之所鄙;
宁为盲主司[1]之所摈弃[2],毋为诸名宿之所不知。

❉

陈康畴曰:"世之人自今以后,慎毋骂心斋也。"
江含徵曰:"不独骂也,即打亦无妨,但恐鸡肋不足以安尊拳耳!"
张竹坡曰:"后二句足少平吾恨。"
李若金曰:"不为小人所骂,便是乡愿;若为君子所鄙,断非佳士。"

注释

1 盲主司:指没有眼力,不识英才的主考官。
2 摈弃:摒除、抛弃,这里指不被选中。

第一八一则

傲骨不可无，傲心不可有。
无傲骨则近于鄙夫[1]，有傲心不得为君子。

※

吴街南曰："立君子之侧，骨亦不可傲；当鄙夫之前，心亦不可不傲。"
石天外曰："道学之言，才人之笔。"
庞笔奴曰："现身说法，真实妙谛。"

注释

1 鄙夫：人格卑陋的人。

第一八二则

蝉为虫中之夷齐[1],蜂为虫中之管晏[2]。

❖

崔青峙曰:"心斋可谓虫中之董狐。"
吴镜秋曰:"蚊是虫中酷吏,蝇是虫中游客。"

注释

1 夷齐:指伯夷和叔齐。
2 管晏:管仲和晏婴的并称,春秋战国时期齐国的名相。

第一八三则

曰"痴"、曰"愚"、曰"拙"、曰"狂",皆非好字面[1],而人每乐居之;曰"奸"、曰"黠"、曰"强"、曰"佞[2]",反是,而人每不乐居之,何也?

江含徵曰:"有其名者无其实,有其实者避其名。"

※ 注释

1 好字面:有美好含义的字。
2 佞:用花言巧语奉承人。

第一八四则

唐虞[1]之际,音乐可感鸟兽。
此盖唐虞之鸟兽,故可感耳;
若后世之鸟兽,恐未必然。

洪去芜曰:"然则鸟兽亦随世道为升降耶?"
陈康畴曰:"后世之鸟兽,应是后世之人所化身,即不无升降,正未可知。"
石天外曰:"鸟兽自是可感,但无唐虞音乐耳。"
毕右万曰:"后世之鸟兽,与唐虞无异,但后世之人迥不同耳!"

注释

1 唐虞:唐尧、虞舜二帝。尧舜时代,皆行禅让,帝位传贤不传子,自古以来,就称为"太平盛世"。

第一八五则

痛可忍而痒不可忍,苦可耐而酸不可耐。

❖

陈康畴曰:"余见酸子偏不耐苦。"
张竹坡曰:"是痛痒关心语。"
余香祖曰:"痒不可忍,须倩麻姑搔背。"
释牧堂曰:"若知痛痒,辨苦酸,便是居士悟处。"

第一八六则

镜中之影,着色人物也;
月下之影,写意人物也。
镜中之影,钩边画也;月下之影,没骨画[1]也。
月中山河之影,天文中地理也;
水中星月之象,地理中天文也。

❋

怿叔子曰:"绘空镂影之笔。"
石天外曰:"此种着色写意,能令古今善画人一齐搁笔。"
沈契掌曰:"好影子俱被心斋先生画着。"

※
注释

1 没骨画:中国画的一种技法。这种画法强调色彩和笔法的自然融合,不依赖墨线勾勒,而是通过色彩的晕染和点染来塑造画面形象。

第一八七则

能读无字之书，方可得惊人妙句；
能会难通之解，方可参最上禅机[1]。

❖

黄交三曰："山老之学，从悟而入，故常有彻天彻地之言。"

注释

1 禅机：佛教禅宗的一种传教方法。禅宗和尚在说法时，常通过含有深意的言辞、动作或事物来暗示教义，引导弟子触机领悟。这种方式通常非逻辑、非理性，旨在超越常规思维，通过直觉和顿悟达到佛禅的圆满之境。

第一八八则

若无诗酒,则山水为具文[1];
若无佳丽,则花月皆虚设。

※ 注释

1 具文:徒有形式而无实际作用的文字。

第一八九则

才子而美姿容,佳人而工著作,断不能永年[1]者,岂独为造物之所忌。盖此种原不独为一时之宝,乃古今万世之宝,故不欲久留人世以取亵[2]耳!

郑破水曰:"千古伤心,同声一哭。"
王司直曰:"千古伤心者,读此可以不哭矣!"

注释

1 永年:长寿。《尚书·毕命》:"资富能训,惟以永年。"
2 亵:轻慢,不庄重。

第一九〇则

陈平封曲逆侯,《史》《汉》注皆云:"音去遇。"予谓此是北人土音耳。若南人四音俱全,似仍当读作本音为是。(北人于唱"曲"之"曲",亦读如"去"字。)

◆

孙松坪曰:"曲逆,今完县也。众水潆洄,势曲而流逆。予尝为土人订之,心斋重发吾覆矣。"

第一九一则

古人四声俱备，如"六""国"二字皆入声也。今梨园演苏秦剧，必读"六"为"溜"，读"国"为"鬼"，从无读入声者。然考之《诗经》，如"良马六之""无衣六兮"之类，皆不与去声叶，而叶"祝""告""燠"；"国"字皆不与上声叶，而叶入"陌""质"韵，则是古人似亦有入声，未必尽读"六"为"溜"、读"国"为"鬼"也。

◆

弟木山曰："梨园演苏秦，原不尽读'六国'为'溜鬼'，大抵以曲调为别。若曲是南调，则仍读入声也。"

第一九二则

闲人之砚，固欲其佳；而忙人之砚，尤不可不佳；娱情之妾，固欲其美，而广嗣之妾，亦不可不美。

※

江含徵曰："砚美下墨，可也；妾美招妒，奈何？"
张竹坡曰："妒在妾，不在美。"

第一九三则

如何是独乐乐，曰鼓琴；
如何是与人乐乐，曰弈棋；
如何是与众乐乐，曰马吊[1]。

❖

蔡铉升曰："独乐乐，与人乐乐，孰乐？曰'不若与人'；与少乐乐，与众乐乐，孰乐？曰'不若与少'。"王丹麓曰："我与蔡君异，独畏人为鬼阵[2]，见则必乱其局而后已。"

注释

1 马吊：一种赌具。纸牌分十字、万字、索子、文钱四门。因其局有四门，如马之有四足，故称为"马吊"。现在的纸牌类、麻雀牌或即由此演化。
2 鬼阵：旧时围棋的别称。

第一九四则

不待教而为善为恶者，胎生也；
必待教而后为善为恶者，卵生也；
偶因一事之感触而突然为善为恶者，湿生也；
（如周处、戴渊之改过，李怀光反叛之类。）
前后判若两截[1]，究非一日之故者，化生也。
（如唐玄宗、卫武公之类。）

注释

1 判若两截：指人的行为性情突然发生巨大转变。

第一九五则

凡物皆以形用,其以神用者,
则镜也,符印也,日晷[1]也,指南针也。

※

袁中江曰:"凡人皆以形用。其以神用者,圣贤也,仙也,佛也。"

黄虞外士曰:"凡物之用皆形,而其所以然者,神也。镜凸凹而易其肥瘦,符印以专一而主其神机,日晷以恰当而定准则,指南以灵动而活其针缝。是皆神而明之,存乎人矣。"

注释

1 日晷(guǐ):古代的一种测时仪器,由晷盘和晷针组成。

第一九六则

才子遇才子,每有怜才之心;
美人遇美人,必无惜美之意。
我愿来世托生为绝代佳人,
一反其局而后快。

❖

陈鹤山曰:"谚云:'鲍老当筵笑郭郎,笑他舞袖太郎当。若教鲍老当筵舞,转更郎当舞袖长。'则为之奈何?"
郑蕃修曰:"俟心斋来世为佳人时再议。"
余湘客曰:"古亦有'我见犹怜'者。"
倪永清曰:"再来时不可忘却。"

第一九七则

予尝欲建一无遮大会[1]，一祭历代才子，一祭历代佳人。俟遇有真正高僧，即当为之。

❈

顾天石曰："君若果有此盛举，请迟至二三十年之后，则我亦可以拜领盛情也。"

释中洲曰："我是真正高僧，请即为之，何如？不然，则此二种沉魂滞魄，何日而得解脱耶？"

江含徵曰："折柬虽具，而未有定期，则才子佳人亦复怨声载道。"又曰："我恐非才子而冒为才子，非佳人而冒为佳人。虽有十万八千母陀罗臂，亦不能具香厨法膳也。心斋以为然否？"

释远峰曰："中洲和尚，不得夺我施主！"

注释

1 无遮大会：佛教公开的法会，不论贤圣道俗贵贱上下，皆可参加，印度常举行，中国六朝时，亦多仿行。

第一九八则

圣贤者,天地之替身。

❂

石天外曰:"此语大有功名教,敢不伏地拜倒!"
张竹坡曰:"圣贤者,乾坤之帮手。"

第一九九则

天极不难做,只须生仁人君子有才德者二三十人足矣。君一、相一、冢宰[1]一,及诸路总制、抚军是也。

※

黄九烟曰:"吴歌有云:'做天切莫做四月天。'可见天亦有难做之时。"

江含徵曰:"天若好做,又不须女娲氏补之。"

尤谨庸曰:"天不做天,只是做梦,奈何,奈何!"

倪永清曰:"天若都生善人,君相皆当袖手,便可无为而治。"

陆云士曰:"极诞极奇之话,极真极确之话。"

注释

1 冢宰:职官名。周制,为百官之长,六卿之首。后世也称吏部尚书为"冢宰"。

第二〇〇则

掷"升官图"[1]，所重在"德"，所忌在"赃"；何一登仕版，辄与之相反耶？

❖

江含徵曰："所重在'德'，不过是要赢几文钱耳！"
沈契掌曰："仕版原与纸版不同。"

※
注释

1 升官图：一种赌博游戏。列大小官位于纸上，掷骰子计点数彩色或用捻捻转儿，以定升降。捻捻转儿之状，似陀螺，四面书德、才、功、赃等字样，上有短柄，捻之则转，转毕即倒，一面向上，视其字而决定官职的升降。

第二〇一则

动物中有三教焉：蛟、龙、麟、凤之属，近于儒者也；猿、狐、鹤、鹿之属，近于仙者也；狮子、牯牛之属，近于释者也。

植物中有三教焉：竹、梧、兰、蕙之属，近于儒者也；蟠桃、老桂之属，近于仙者也；莲花、蓍蔮之属，近于释者也。

❖

顾天石曰："请高唱《西厢》一句，'一个通彻三教九流'[1]。"

石天外曰："众人碌碌，动物中蜉蝣而已；世人峥嵘，植物中荆棘而已。"

※ 注释

1 一个通彻三教九流：出自《西厢记》第四本第二折："秀才是文章魁首，姐姐是仕女班头；一个通彻三教九流，一个晓尽描鸾刺绣。"

二九

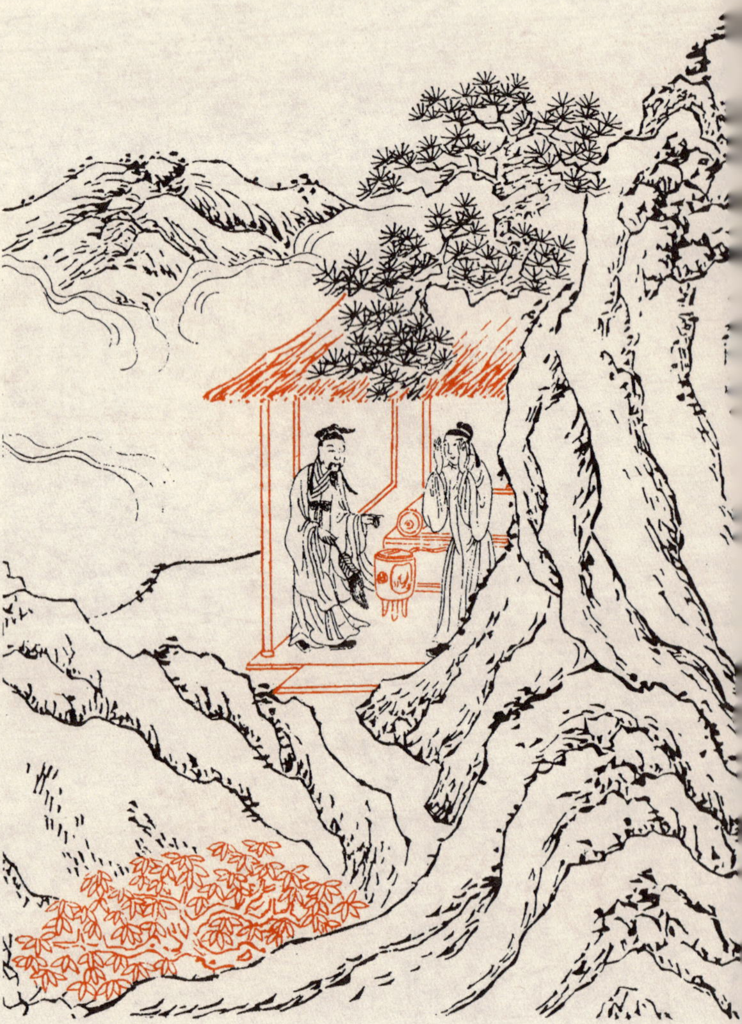

第二〇二则

佛氏云："日月在须弥山腰。"果尔，则日月必是绕山横行而后可。苟有升有降，必为山巅所碍矣。又云："地上有阿耨达池，其水四出，流入诸印度。"又云："地轮之下为水轮，水轮之下为风轮，风轮之下为空轮。"余谓此皆喻言人身也：须弥山喻人首，日月喻两目，池水四出喻血脉流通，地轮喻此身，水为便溺，风为泄气。此下则无物矣。

❀

释远峰曰："却被此公道破。"
毕右万曰："乾坤交后，有三股大气：一呼吸、二盘旋、三升降。呼吸之气，在八卦为震巽，在天地为风雷、为海潮，在人身为鼻息。盘旋之气，在八卦为坎离，在天地为日月，在人身为两目，为指尖、发顶罗纹，在草木为树节、蕉心。升降之气，在八卦为艮兑，在天地为山泽，在人身为髓液便溺，为头颅肚腹，在草木为花叶之萌凋，为树梢之向天、树根之入地。知此，而寓言之出于二氏者，皆可类推而悟。"

第二〇三则

苏东坡和陶诗[1]尚遗数十首。予尝欲集坡句以补之,苦于韵之弗备而止。如《责子》诗中"不识六与七","但觅梨与栗","七"字、"栗"字皆无其韵也。

※ 注释

1 和陶诗:苏轼对陶渊明十分推崇,曾经和了许多陶渊明的诗,号称是"遍和陶诗"。

第二〇四则

予尝偶得句，亦殊可喜，惜无佳对，遂未成诗。其一为"枯叶带虫飞"，其一为"夕月大于城"。姑存之，以俟异日。

第二〇五则

"空山无人，水流花开"二句，极琴心之妙境；"胜固欣然，败亦可喜"二句，极手谈[1]之妙境；"帆随湘转，望衡九面"二句，极泛舟之妙境；"胡然而天，胡然而帝"[2]二句，极美人之妙境。

※ 注释

1 手谈：下围棋。
2 胡然而天，胡然而帝：形容女子的服饰容貌如同天神，出自《诗经·鄘风·君子偕老》。

第二〇六则

镜与水之影,所受者也;
日与灯之影,所施者也。
月之有影,则在天者为受,而在地者为施也。

❖

郑破水曰:"'受''施'二字,深得阴阳之理。"
庞天池曰:"幽梦之影,在心斋为施,在笔奴为受。"

第二〇七则

水之为声有四：有瀑布声，有流泉声，有滩声，有沟浍[1]声。
风之为声有三：有松涛声，有秋叶声，有波浪声；
雨之为声有二：有梧蕉、荷叶上声，有承檐溜竹筒中声。

❖

弟木山曰："数声之中，惟水声最为可厌，以其无已时，甚聒人耳也。"

※
注释

1 沟浍（huì）：指田间沟渠。

第二〇八则

文人每好鄙薄富人，然于诗文之佳者，又往往以金玉、珠玑、锦绣誉之，则又何也？

陈鹤山曰："犹之富贵家张山臞野老、落木荒村之画耳。"

江含徵曰："富人嫌其悭且俗耳，非嫌其珠玉文绣也。"

张竹坡曰："不文，虽富可鄙；能文，虽穷可敬。"

陆云士曰："竹坡之言，是真公道说话！"

李若金曰："富人之可鄙者，在吝，或不好史书，或畏交游，或趋炎热而轻忽寒士[1]。若非然者，则富翁大有裨益人处，何可少之！"

注释

1 轻忽寒士：轻视贫苦的读书人。轻忽，轻慢，忽视。寒士，贫苦低微的读书人。

第二〇九则

能闲世人之所忙者，方能忙世人之所闲。

第二一〇则

先读经，后读史，则论事不谬于圣贤；
既读史，复读经，则观书不徒为章句。

❖

黄交三曰："宋儒语录中不可多得之句。"
陆云士曰："先儒著书法，累牍连章，不若心斋数言道尽。"
王宓草曰："妄论经史者，还宜退而读经。"

第二一一则

居城市中,当以画幅当山水,以盆景当苑囿,以书籍当朋友。

✤

周星远曰:"究是心斋,偏重独乐乐。"
王司直曰:"心斋先生置身于画中矣。"

第二一二则

乡居须得良朋始佳,若田夫樵子,仅能辨五谷而测晴雨,久且数,未免生厌矣。而友之中,又当以能诗为第一,能谈次之,能画次之,能歌又次之,解觞[1]政者又次之。

❀

江含徵曰:"说鬼话者,又次之。"
殷日戒曰:"奔走于富贵之门者,自应以善说鬼话为第一,而诸客次之。"
倪永清曰:"能诗者,必能说鬼话。"
陆云士曰:"三说递进,愈转愈妙,滑稽之雄。"

注释

1 觞(shāng)政:酒令。

第二一三则

玉兰,花中之伯夷也(高而且洁);
葵,花中之伊尹也(倾心向日);
莲,花中之柳下惠也(污泥不染);
鹤,鸟中之伯夷也(仙品);
鸡,鸟中之伊尹也(司晨);
莺,鸟中之柳下惠也(求友)。

第二一四则

无其罪而虚受恶名者,蠹鱼也(蛀书之虫另是一种,其形如蚕蛹而差小);

有其罪而恒逃清议[1]者,蜘蛛也。

❖

张竹坡曰:"自是老吏断狱。"

李若金曰:"予尝有除蛛网说,则讨之未尝无人。"

注释

1 清议:公正的舆论,也指社会舆论。

第二一五则

臭腐化为神奇,酱也,腐乳也,金汁也。至神奇化为臭腐,则是物皆然。

袁中江曰:"神奇不化臭腐者,黄金也,真诗文也。"
王司直曰:"曹操、王安石文字,亦是神奇出于臭腐。"

第二一六则

黑与白交,黑能污白,白不能掩黑;
香与臭混,臭能胜香,香不能敌臭。
此君子、小人相攻之大势也。

弟木山曰:"人必喜白而恶黑,黜臭而取香,此又君子必胜小人之理也。理在,又乌论乎势!"
石天外曰:"余尝言于黑处着一些白,人必惊心骇目,皆知黑处有白;于白处着一些黑,人亦必惊心骇目,以为白处有黑。甚矣,君子之易于形短[1],小人之易于见长,此不虞[2]之誉、求全之毁[3]所由来也。读此慨然。"
倪永清曰:"当今以臭攻臭者不少。"

注释

1 形短:相比较之后显现出短处。
2 虞:意料。
3 毁:毁谤。

第二一七则

"耻"之一字,所以治君子;
"痛"之一字,所以治小人。

张竹坡曰:"若使君子以耻治小人,则有耻且格[2];小人以痛报君子,则尽忠报国。"

注释

1 耻:因声誉受损而导致的羞愧之情。
2 有耻且格:意为人有知耻之心,且能自我检点而归于正途。

第二一八则

镜不能自照,衡[1]不能自权[3],剑不能自击。

◆

倪永清曰:"诗不能自传,文不能自誉。"
庞天池曰:"美不能自见,恶不能自掩。"

※ 注释

1 衡:秤,量轻重的器具。
2 权:古代测量重量的砝码或秤锤。后指衡量。

第二一九则

古人云："诗必穷而后工。"[1] 盖穷则语多感慨，易于见长耳。若富贵中人，既不可忧贫叹贱，所谈者不过风云月露而已，诗安得佳？苟思所变，计惟有出游一法，即以所见之山川、风土、物产、人情，或当疮痍兵燹之余，或值旱涝灾祲之后，无一不可寓之诗中。借他人之穷愁，以供我之咏叹，则诗亦不必待穷而后工也。

◉

张竹坡曰："所以郑监门《流民图》独步千古。"
倪永清曰："得意之游，不暇作诗；失意之游，不能作诗。苟能以无意游之，则眼光识力定是不同。"
尤悔庵曰："世之穷者多而工诗者少，诗亦不任受过也。"

※ 注释

1 诗必穷而后工：诗必须在诗人困顿以后才会写得好。出自北宋欧阳修《梅圣俞诗集序》："非诗之能穷人，殆穷者而后工也。"

江之兰跋

　　抱异疾者多奇梦，梦所未到之境，梦所未见之事。以心为君主之官，邪干之，故如此；此则病也，非梦也。至若梦木撑天，梦河无水，则休咎应之；梦牛尾，梦蕉鹿，则得失应之；此则梦也，非病也。

　　心斋之《幽梦影》，非病也，非梦也，影也。影者惟何？石火之一敲、电光之一瞥也，东坡所谓"一掉头时生老病，一弹指顷去来今"也。昔人云"芥子具须弥"，而心斋则于倏忽备古今也。此因其心闲手闲，故弄墨如此之闲适也。心斋岂长于勘梦者也！然而未可向痴人说也。

　　　　　　己巳三月既望寓东淘香雪斋江之兰草

葛元煦跋

　　余习闻《幽梦影》一书，着墨不多，措词极隽，每以未获一读为恨事。客秋南沙顾耐圃茂才示以钞本，展玩之余，爱不释手。所惜尚有残阙，不无余憾。今从同里袁翔甫大令处见有刘君式亭所赠原刊之本，一无遗漏，且有同学诸君评语，尤足令人寻绎。间有未评数条，经大令一一补之，功媲娲皇，允称全璧。爰乞重付手民，冀可流传久远。大令欣然曰：诺。故略叙其巅末云。

光绪五年岁次己卯冬十月仁和葛元煦理斋氏识

杨复古跋

昔人著书，间附评语，若以评语参错书中，则《幽梦影》创格也。清言隽旨，前於后喁，令读者如入真长座中，与诸客周旋，聆其馨欬，不禁色舞眉飞，洵翰墨中奇观也。书名说"梦"说"影"，盖取"六如"之义。饶广长舌，散天女花，心灯意蕊，一印印空，可以悟矣。

乙未夏日震泽杨复吉识

张惣跋

　　昔人云："梅花之影，妙于梅花。"窃意影子何能妙于花？惟花妙，则影亦妙。枝干扶疏，自尔天然生动。凡一切文字语言，总是才子影子。人妙，则影自妙。此册一行一句，非名言即韵语，皆从胸次体验而出，故能发人警省。片玉碎金，俱可宝贵。幽人梦境，读者勿作影响观可矣。

南村张惣识